Piet Jonasson

Die Tote am Blutturm

Schatten über dem Schützenfest

Gewidmet allen betrogenen Ehefrauen

Inhalt

Personen

Claudia Pflumm	von Tübingen nach Neuss versetzte Kriminalassistentin

Claudia Pflumms neue Kollegen in Neuss

Rainer Karmug	Kriminaldirektor und Claudia Pflumms oberster Chef
Leo van Kameren	Staatsanwalt
Richard Berg	Oberkommissar und Teamchef
Paolo Fagiani	Kommissar
Vera Kuhn	Mitarbeiterin der KTU (Kriminaltechnische Untersuchung)

Ronald	Freund von Claudia Pflumm
Caro	Haushälterin der Familie Pflumm
Christina Englert	Mordopfer
Christoph Englert	Sohn der Ermordeten
Marlene Schneider	Bäckerin und Claudias Pflumms erste Vertraute in Neuss
Wilhelm Dietrich	korpulenter Vorsitzender eines Schützenvereins
Lore Nassau	seine Lebensgefährtin
Amelie Dietrich	Ehefrau von Wilhelm Dietrich
Tom Katschek	Schützenbruder und Rechtsanwalt
Karen Kleiber	Geliebte von Wilhelm Dietrich
Paul Ratowiak	Unterweltchef aus Düsseldorf

Alle in diesem Roman vorkommenden Personen und Handlungen sind frei erfunden. Etwaige Namensgleichheiten sind nicht beabsichtigt und nur reine Zufälligkeit.

1. Prolog

In der völlig überfüllten Kirche herrschte ein für die Kriminalassistentin Claudia Pflumm seltsames und etwas gespenstisches Szenario, als sie Anfang April an einem strahlend schönen Mittwochmorgen neben ihrem Kollegen und Vorgesetzten Richard Berg auf den Beginn des Trauergottesdienstes wartete. Die Hauptakteure der Trauergesellschaft waren alle bereits versammelt und hatten überwiegend in Claudias ersten großen Fall in Neuss eine Rolle gespielt. Der Verstorbene Wilhelm Dietrich, ein hochgeehrter Schützenbruder, hatte in diesem Fall sogar die zentrale Rolle eingenommen. Jetzt war er durch einen unglücklichen Zufall plötzlich ums Leben gekommen: Er hatte die Wiederwahl zum Vorsitzenden seines Vereins nur um einige Stunden überlebt, denn als er nach der ebenso feuchten wie auch fröhlichen Feier seiner Wiederwahl zu Fuß auf dem Weg nach Hause war, wurde er bei der Überquerung einer Straße vom Wagen eines nicht weniger betrunkenen Schützenbruders erfasst und schwer verletzt. Trotz der Bemühungen der Ärzte der nahegelegenen Unfallklinik verstarb er kurz nach dem Unfall.

Jetzt war er in der Marienkirche mit allen schützenbrüderlichen Ehren neben einer großen Tafel mit all seinen Orden und Ehrenzeichen aufgebahrt. Eine Ehrenwache von sechs Schützenbrüdern hatte sich rechts und links des Sarges aufgestellt und Fahnenabordnungen aller Schützengesellschaften hatten sich, nach Ehrbezeugungen in Richtung des Sarges, im Halbkreis um den Altar aufgebaut. Claudia Pflumm, die aus Tübingen stammte und der das Neusser Schützenwesen noch recht fremd war, fragte ihren Kollegen Richard Berg, ob das bei jeder Schützenbeerdigung so sei. Richard Berg schüttelte den Kopf und versicherte ihr leise, dass er das selbst zum ersten Mal so erlebe und dass eine solche Feier nur besonders hochgestellten Schützen vorbehalten sei.

Aber nicht der Tod des Schützenvereinsvorsitzenden Wilhelm Dietrich hatte sie in die Kirche geführt, sondern weil sie Hinweise erhalten hatten, dass es zu tätlichen Angriffen der Lebensgefährtin gegen die Ehefrau des Verstorbenen kommen könne. Da der Verstorbene als Sportschütze viele Waffen besaß und verschiedene anonyme Warnungen mit Hinweis auf die Waffen und dem psychischen Ausnahmezustand seiner Geliebten bei der Polizei und ebenso bei der Ehefrau eingegangen waren, durch die diese offensichtlich davon abgehalten werden sollte, an der Beerdigung ihres Mannes teilzunehmen, hatte man Claudia Pflumm, Richard Berg sowie einige weitere Kollegen der Schutzpolizei in Zivil zur Beobachtung in die Kirche geschickt, um die Kontrahenten im Auge zu behalten und gegebenenfalls jeglicher Aggression Einhalt bieten zu können.

Die Hüter des Gesetzes hatten sich so platziert, dass sie die Kirche gut übersehen konnten. Nachdem Claudia Pflumm sich davon überzeugt hatte, dass offensichtlich keine Aggression zu befürchten war, denn die Lebensgefährtin des Verstorbenen saß mit ihrer Familie nicht nur in einem anderen Bereich der Bestuhlung des Kirchenschiffs als die Ehefrau, sondern sie saßen auch so dicht gedrängt, dass man sich des Eindrucks nicht erwehren konnte, dass sie sich aneinander festhalten müssen, um die am Rand Sitzenden vor einem Sturz aus der Bank zu bewahren. Claudia Pflumm konnte sich ein Grinsen nicht verkneifen und sie sah, dass es Richard Berg ähnlich ging. Diese dicht gedrängte Reihe zeigte aber, dass die Lebensgefährtin und die sie begleitenden Familienmitglieder doch recht verunsichert, ja sogar eher ängstlich als angriffslustig waren.

Die Ehefrau saß mit ihren Begleitern nur zwei Reihen vor ihr. Ihre Haltung war trotz der im Vorfeld ausgesprochenen Drohungen gegen sie sehr selbstsicher und strahlte das Bewusstsein aus, dass ihr und nur ihr das Recht zustand, an dieser Trauerfeier teilzunehmen. Dabei schien sie, nach dem Eindruck von Claudia Pflumm, völlig desinteressiert an der Lebensgefährtin ihres Mannes, wie auch an allen weiteren Teilnehmern dieser Trauerfeier zu sein.

Claudia Pflumm entspannte sich und durch die Anwesenheit von vielen Beteiligten ihres ersten Kriminalfalls hier in Neuss, wanderten ihre Gedanken zurück zu den Ereignissen, die sich zu Beginn ihrer Versetzung von Tübingen nach Neuss ereignet hatten und die nicht viel mehr als ein halbes Jahr zurücklagen.

2. Claudia kommt nach Neuss

Ein heftiger Platzregen hatte gerade wieder strahlendem Sonnenschein Platz gemacht, als die junge Kriminalassistentin Claudia ihre neue Heimat erkundete. Sie war eine zierliche, attraktive junge Frau, die mit ihren kastanienroten Locken, den dunkelblauen Augen und ihrem bräunlichen Teint auffiel. Ein dummes Missverständnis hatte sie aus ihrer Heimatstadt Tübingen nach Neuss verschlagen.

Ihre Gedanken kreisten ununterbrochen um ihre missliche Situation. Drei Jahre hatte sie mit ihrem Freund Ronald eine Fernbeziehung zwischen Tübingen und Düsseldorf geführt, und nun hatte er fast gleichzeitig mit ihr einen neuen Job angenommen – in Stuttgart. Beide hatten sich um eine räumliche Veränderung in die Nähe des anderen bemüht, mit dem Gedanken, dass einer von ihnen es schon schaffen würde. Jetzt hatten sie es beide geschafft und waren nun am gleichen Punkt wie zuvor, nur mit umgekehrtem Vorzeichen. Warum hatte auch jeder den anderen überraschen wollen mit der guten Nachricht! Hätten sie doch bloß darüber geredet, dann hätte sich vielleicht ihre Versetzung, die so viel Mühe gekostet hatte – denn es ist nicht einfach, als Landesangestellte von einem Bundesland in das andere zu wechseln – noch rückgängig machen lassen.

Langsam schlenderte sie die Oberstraße in Richtung Markt entlang und in ihrem Regenmantel wurde es ihr bald zu warm, denn nach dem Regen heizte sich die Luft schnell wieder auf, obwohl man jetzt, Anfang August, schon den Eindruck von Spätsommer hatte.

Gestern hatte sie sich von Ronald verabschiedet, der sich trotz der missglückten ‚Familienzusammenführung' in – wie es ihr schien – unziemlicher Weise auf seine neuen Aufgaben in Stuttgart freute und ihre Wut und Trauer nicht so recht teilen konnte.

Sie fühlte sich deprimiert und einsam als sie sich langsam dem Markt näherte und konnte sich weder mit dem Sonnenschein noch mit den Eindrücken der neuen Umgebung anfreunden.

Im sogenannten Krankenhaus-Viertel hatte sie eine kleine Wohnung bezogen und gleichzeitig geholfen, Ronalds Wohnung aufzulösen. Entsprechend erschöpft fühlte sie sich jetzt und war erleichtert, dass sie bis zu ihrem Dienstantritt noch drei freie Tage hatte.

Ohne ihre Umgebung richtig wahrzunehmen, war sie am Markt, der mit seinen vielen kleinen Straßencafés an eine italienische Piazza erinnerte und auch an den vielen kleinen Läden mit den verschiedensten Delikatessen und Weinen achtlos vorbeigeschlendert, als sie plötzlich das ‚heulende Elend' überkam. Sie war gerade in Höhe einer kleinen altmodischen Bäckerei und um nicht auf der Straße in Tränen auszubrechen, trat sie ein und verlangte eine Butterbrezel. Die dicke, gutmütig aussehende Frau hinter dem Tresen schwoll an vor Empörung: „Hören's, Fräuleinchen, wir sind eine Traditionsbäckerei, hier wird nur mit Butter gebacken", schleuderte sie ihr in schönstem Dialekt entgegen. Claudia verstand nicht einmal die Hälfte, aber so viel war ihr gleich klar: Sie hatte unwissentlich die Bäckerehre gekränkt. „Nein", brachte sie hervor, und jetzt schossen ihr die Tränen wirklich in die Augen, „eine Brezel mit Butter bestrichen". „Ach Gott, Kindchen, Sie sind nicht von hier?" – „Nein, aus Tübingen." „Und jetzt haben Sie Heimweh?" Unverzüglich hatte sich die Empörung der Bäckerin in mütterliche Fürsorge gewandelt und sie kehrte etwas angestrengt ihr schönstes Hochdeutsch hervor. Claudia schluckte heftig, konnte aber die Tränen jetzt nicht mehr zurückhalten. „Kommen Sie Kindchen, jetzt bekommen Sie eine schöne Brezel und dann trinken wir eine Tasse Kaffee zusammen!" Sie drehte sich zu der Türe hinter ihr, die wohl zur Backstube führte und rief: „Schäng [rhein. für Johann], du musst hier mal übernehmen".

Kurze Zeit später saß Claudia mit ihr in dem kleinen Café, das der Bäckerei angeschlossen war, eine Butterbrezel und eine große Tasse Kaffee vor sich und schüttete einer völlig fremden Frau ihr Herz aus. „Ich bin Frau Schneider", hatte sich die Bäkkersfrau vorgestellt, „aber du kannst Marlene zu mir sagen". Die Tränen versiegten langsam und schon musste Claudia wieder grinsen, als sie daran dachte, dass Marlene – als sie sich erklären ließ, wie eine richtige Butterbrezel zu sein hatte – ganz ernsthaft geäußert hatte: „Fremde Länder, fremde Sitten". – Wenn das Schwabenländle schon ‚fremde Länder' für sie waren, dann hatte sie sich vermutlich bisher nicht weit von Neuss wegbewegt. Marlene hörte sich mitfühlend ihre Geschichte an und meinte dann nur: „Ja, so sind 'se die Männer! Aber Mädel, du hast Glück, in drei Wochen ist unser Schützenfest und da wirst du schon sehen, wie schön es hier ist."

Claudia fühlte sich viel besser, als sie das kleine Café mit der Aufforderung von Marlene verließ, doch bald wiederzukommen, es gäbe bei ihnen auch ein hervorragendes Frühstück und wenn das Heimweh zurückkehre, wisse sie ja jetzt, wie eine Butterbrezel zu sein habe. Natürlich war eine Brezel in Tübingen aus der Bäckerei Pfleiderer nicht vergleichbar mit einer Neusser Brezel, aber eine Butterbrezel war trotzdem tröstlich. Marlene hatte ihr noch eine weitere Butterbrezel auf den Weg mitgegeben, damit sie nicht direkt bei der Konkurrenz einkehren müsse, falls das Heimweh sie wieder überfalle.

Claudia marschierte in Gedanken versunken weiter, als sie plötzlich unsanft aus ihren Überlegungen geweckt wurde. Auf der Höhe des altehrwürdigen Brauhauses ‚Im Dom' fand sie sich auf einmal in einer Ansammlung von Männern wieder, die gerade ausfallartig aus dem Lokal herausstürmten. Ein Zusammenprall mit einem großen blonden Mann ließ sich nicht mehr vermeiden und sie stießen so heftig zusammen, dass Claudia das Gleichgewicht verlor und etwas unsanft auf ihrem Hintern landete. „Heilig's Blechle!" entfuhr ihr, „Können Sie denn nicht aufpassen!“ Der junge Mann drehte sich mit einem: „Was zum Teufel …,“ um und als er sie hinter sich auf dem Gehsteig sitzen sah, half er ihr auf und meinte: „Mädel, da hätten wohl zwei besser aufpassen müssen! Haben Sie sich verletzt?“

Als Claudia wütend verneinte und ihn anfuhr, dass die Schuld wohl alleine auf seiner Seite liege, lachte er zu ihrem Ärger nur und meinte, dass ihre Laune wohl der Farbe ihres Haarschopfes angepasst sei. Diesen dummen Witz über ihre roten Haare kannte Claudia, seit sie ein Kind war und jetzt fauchte sie ihn erst recht an. Er ließ sich dadurch keineswegs die Laune verderben und nun standen auch die anderen Männer, die gerade die Kneipe verlassen hatten um sie herum und grinsten amüsiert.

Ein etwas kleinerer, drahtiger Mann mit dunkeln Augen und schwarzen Haaren fing an zu lachen und meinte: „Hui, was für ein Temperament, die könnte ja mit ihrem Feuer den ganzen Fackelzug alleine illuminieren!“ Als sie völlig irritiert, aber auch unglaublich gereizt etwas erwidern wollte, sprach er weiter: „Unseren Fackelzug beim Schützenfest!“

Schon wieder Schützenfest! „Sie können mich mal mit Ihrem Schützenfest: Ein albern uniformierter Haufen Männer, der zu Marschmusik völlig ernsthaft durch die Weltgeschichte rennt, etwas Sinnloseres gibt es wohl kaum!“

Mit diesen Worten drehte sie sich auf dem Absatz herum und stolzierte davon. Sie war jetzt nicht mehr traurig sondern wutentbrannt und auf ihrem weiteren Weg fielen ihr ununterbrochen wunderbare, scharf formulierte Redewendungen ein, die sie den Männern am liebsten jetzt noch an den Kopf werfen würde. Dann wäre ihnen das Lachen sicherlich vergangen.

Bei einem gemütlichen Spaziergang durch die Grünflächen am Kanal und durch die schöne Drususallee mit ihren gepflegten alten Häusern in Richtung ihres neuen Heims beruhigte sich ihr Gemüt wieder. Jetzt nahm sie ihre Umgebung auch bewusster wahr und musste ein wenig schmunzeln beim Gedanken an den Zusammenstoss mit den jungen Männern vor dem Lokal. Was sie bisher von Neuss gesehen hatte, gefiel ihr im Grunde genommen recht gut.

Nach einer halben Stunde war sie wieder in ihrer neuen Wohnung nahe der Preußenstraße und räumte systematisch ihre Umzugskartons aus. Auch ihre moderne, helle Wohnung gefiel ihr gut: zwei Zimmer, eins ca. 35 m^2 und das andere ca. 25 m^2, dazu eine schöne neue Küche und ein großes Badezimmer. Aber am besten gefiel ihr der große nach Südwesten ausgerichtete Balkon. Als sie fast fertig ausgepackt hatte, legte sie auf dem Balkon, auf dem schon alle ihre Pflanzen standen, erst einmal eine Kaffeepause ein. Es wurde langsam Abend und sie fragte sich, ob sie ihre Wohnung fertig einrichten oder doch lieber noch auf einer kleinen Fahrradtour ihre neue Heimat weiter erforschen solle. Es waren nur noch zwei Kartons übrig und so entschloss sie sich, diese Arbeit auf den nächsten Tag zu verschieben.

3. Leichenfund am Blutturm

Bevor sie sich erneut auf den Weg machte, rief sie bei Ronald an, um zu erfahren, ob er gut in Stuttgart angekommen sei. Aber es meldete sich nur die Mailbox, was darauf schließen ließ, dass er noch unterwegs war. Sie wunderte sich ein wenig und beschloss, es später noch einmal zu versuchen. Der schöne Spätsommerabend ließ aber keine trübe Stimmung bei ihr aufkommen und sie schwang sich auf's Fahrrad und fuhr los.

Da sie eigentlich geplant hatte, zu Ronald nach Düsseldorf zu ziehen, hatte sie sich mit Neuss und seiner Geschichte bisher nicht befasst. Aber dass Neuss eine der ältesten Städte in Deutschland ist und seine Geschichte bis in die Römerzeit reicht, war ihr bewusst. Davon war in Neuss wohl nichts mehr zu sehen und vermutlich könnte man ganz Neuss umgraben, ohne auf nennenswerte Reste aus der römischen Vergangenheit zu stoßen. Das römische Castra Novesia hatte sich allerdings auch eher in Gnadenthal befunden, wie sie aus einem Buch über die Region erfahren hatte. Allerdings sollten aus der mittelalterlichen Zeit noch Reste der Stadtmauer vorhanden sein, wie das Obertor oder der sogenannte Blutturm, dessen Namensgebung ihr bisher noch verschlossen geblieben war. Aber – wie gesagt – hatte sie sich ja auch bisher auch eher oberflächlich mit ihrer neuen Heimat beschäftigt.

Sie radelte zuerst einmal zum Blutturm und wollte dann anschließend das Obertor ansehen. Für eine ausgiebigere Erkundungstour war es vermutlich zu spät, denn es begann schon zu dunkeln.

Am Blutturm angekommen, der in einer kleinen Stichstraße gelegen ist und an der, wie sie fand, mit dem großartigen Namen bedachten ‚Promenadenstraße' liegt – wobei Claudia nicht wusste, dass diese kleine Straße nur der Ausläufer der Promenadenstraße jenseits der Zollstraße ist – stellte Claudia das Fahrrad ab und spazierte ein wenig zu Fuß.

Hinter dem Blutturm, der heutzutage eine Begegnungsstätte ist, liegt ein kleiner Kinderspielplatz. Obgleich Kinderspielplätze häufig Treffpunkte von Jugendlichen sind, herrschte völlige Ruhe auf dem Platz. Claudia schritt über den Platz und sah am Rande des Spielplatzes eine Gestalt unbeweglich auf einer Bank sitzen. Erst wollte sie sich zurückziehen, wurde aber dann durch die merkwürdige Haltung der Gestalt aufmerksam, die mit vorgebeugtem Kopf dort saß. Sie näherte sich langsam, aber die Gestalt reagierte nicht. Als sie fast bei der Person angelangt war, sah sie, dass es sich um eine Frau handelte und rief ihr zu, ob ihr nicht gut sei und sie ihr helfen könne. Aber wieder kam keinerlei Reaktion der Frau. Als sie ihr die Hand auf die Schulter legte, sah sie sofort, dass die Frau tot war und dass sie keineswegs eines natürlichen Todes gestorben, sondern stranguliert worden war. Der Tod konnte erst vor kurzer Zeit eingetreten sein, da die Totenstarre noch nicht eingesetzt hatte. Sofort nahm sie ihr Handy und rief die Polizei an, die sie aufforderten, den Ort nicht zu verlassen. Eigentlich hatte sie nicht vorgehabt, mit den neuen Kollegen so schnell in Kontakt zu treten – schließlich hatte sie sich noch auf zwei weitere freie Tage gefreut –, aber da hatte sie nicht mit den destruktiven Aktivitäten der Neusser Mörder gerechnet. Da es schon fast dunkel war, sah sie sich auch nicht in der Umgebung um, sondern setzte sich neben die Tote und wartete.

Mit Schwung fuhren zwei Polizeiwagen in die winzige Stichstraße ein und plötzlich standen neben zwei uniformierten Beamten zwei Männer vor ihr, die sie trotz Dunkelheit sofort erkannte: die beiden Kneipengänger, vor denen sie am Mittag bereits auf dem Boden gelegen hatte! „Haben Sie sich über uns heute Mittag so geärgert, dass Sie jetzt Neuss ausrotten wollen?“ fragte der große Blonde zynisch.

– Claudia schluckte und meinte, „Statt blöder Sprüche hier loszulassen, sollten Sie sich lieber der Toten zuwenden.“

– „Ach“, meinte der drahtige Dunkelhaarige, „meiner Meinung nach ist sie ja eher der Typ, der eher ganz Neuss abfackeln würde, als sich mit solchen Einzelaktionen aufzuhalten.“

Claudia wurde nun ernsthaft wütend, aber bevor sie lospoltern konnte, wurden die beiden professionell und begutachteten die Tote. Gleich darauf trafen auch die Mitarbeiter der Spurensicherung und der Polizeiarzt ein. Jetzt wandten sich die beiden Männer – der große blonde und der etwas kleinere dunkelhaarige – Claudia zu, um sie zu befragen. Sie stellten sich vor als Richard Berg und Paolo Fagiani von der Kriminalpolizei in Neuss. Claudia stellte sich ebenfalls vor und sah sogleich, dass sich die Augen von Paolo Fagiani verengten: „Oh je, haben wir da heute Mittag etwa unsere neue Kollegin niedergeschlagen? Dann müssen wir wohl unsere erste Verdächtige wieder eliminieren und für den Niederschlag um Verzeihung bitten!"

Claudia bejahte, war aber verunsichert, weil Paolo Fagiani sie sofort zuordnen konnte. „Ja, Sie werden in unser Team kommen, da können Sie ja auch gleich mitarbeiten an diesem Fall!"

Claudia sah ihre letzten beiden freien Tage dahinschwinden, hatte auf der anderen Seite aber auch schon Interesse am weiteren Verlauf der Untersuchung bekommen. Im gleichen Moment hielt ein weiteres Auto in der winzigen Straße, die inzwischen vollkommen verstopft war, aus dem ein großer Mann, gekleidet in einen eleganten Anzug, heraussprang. „Ach, da ist ja auch schon unser schöner Nachwuchsstaatsanwalt", meinte Richard Berg und ging auf den Neuankömmling zu. Beide Männer begrüßten sich herzlich. Auch der Arzt kam jetzt hinzu und erklärte, dass die Tote eine ca. 50-55jährige Frau sei, die offenbar mit ihrem eigenen Schal ungefähr 1-2 Stunden zuvor erwürgt worden sei. Handtasche und Papiere fehlten aber und daher könne man ihre Identität nicht feststellen.

Claudia wurde nun als die Entdeckerin der Leiche und neue Kollegin vorgestellt, was den Staatsanwalt zu der Bemerkung veranlasste: „Neue Kollegin? Na, das ist schlecht! Sie nehmen uns die Chance, Sie als Hauptverdächtige zu verhaften und bis nach unserem Schützenfest festzuhalten, um so wenigstens in Ruhe feiern zu können!"

Claudia verschluckte sich fast, wurde hochrot vor Ärger und stieß hervor: „Ist Ihnen dieser blöde Kinderkram wirklich so viel wichtiger als die Tote hier?"

– „Langsam, langsam junge Frau", meinte der bei näherem Hinsehen sehr gut aussehende Staatsanwalt, „dass Sie nicht von hier sind, höre ich und daher verzeihe ich Ihnen, dass Sie unser schönes Schützenfest so schmähen. Aber hier in Neuss ist kaum etwas wichtiger als das Schützenfest und das lassen wir uns auch von Toten nicht gerne verderben!"

– „Sie hätten als Zugezogene durchaus den Anstand besitzen können, die Tote bis zum Donnerstag nach Schützenfest verschwinden zu lassen. Als Neu-Neusserin hätten Sie sich damit einen guten Einstand hier verschaffen können!" frozzelte Richard Berg.

Claudia war sprachlos ob dieser Reden. Diesen merkwürdigen rheinischen Humor in einer solchen Situation konnte sie nicht nachvollziehen und das immer wieder erwähnte Schützenfest ging ihr langsam mehr und mehr auf die Nerven. Sie schwieg und trat ein wenig zur Seite, der Staatsanwalt folgte ihr nach, stellte sich als Leo van Kameren von der Staatsanwaltschaft Düsseldorf vor und versuchte, sie ein wenig zu beruhigen. Dann lud er sie ein, nach dem Abtransport der unbekannten Toten mit ihm und den neuen Kollegen noch ein Bier trinken zu gehen, um sich ein wenig zu beschnuppern. Neben seinem unbestreitbar guten Aussehen hatte er eine sehr sympathische Ausstrahlung und einen jungenhaften Charme, der ihr gut gefiel. Sie konnte sich gut vorstellen, dass die Frauen ihm zu Füßen liegen und ihn damit den Neckereien seiner Kollegen aussetzten, die er aber gutmütig an sich abgleiten ließ.

In der Nachbarschaft waren bereits viele Anwohner aufmerksam geworden und beobachteten das Geschehen von ihren Fenstern aus. Auch auf der Terrasse des hinter dem Blutturm gelegenen Gourmet-Tempels ‚Essenz' waren die Gäste mehr mit dem Geschehen am Blutturm beschäftigt, als mit ihren kulinarisch ausgefeilten und vermutlich sündhaft teuren

Genüssen. Die uniformierten Beamten begannen sofort mit der Befragung der Nachbarschaft und mit der Aufnahme der Personendaten im Lokal.

4. Die Kollegen lernen sich kennen

Claudia wurde von ihren Kollegen in dasselbe Lokal geführt, vor dem sie sich heute Morgen zum ersten Mal etwas unsanft begegnet waren. Es war ein historisches Brauhaus von jahrhundertealter Tradition. Innen urig ausgestaltet, gefiel es Claudia sofort. Alle außer ihr tranken Bier. Sie selbst hatte sich für einen Moselriesling entschieden. Ihre neuen Kollegen beobachtend wunderte sie wiederum, dass Richard Berg wie ein Italiener aussah, aber Paolo Fagiani einen italienischen Namen trug. Offensichtlich war ihr ihre Ungläubigkeit ins Gesicht geschrieben, denn Paolo erklärte ungefragt: „Meine Familie stammt aus Oberitalien, da sind viele Italiener blond und blauäugig und Richard ist wahrscheinlich ein Nachkomme der alten Römer – ich nehme an ein fußkranker Römer, der es nicht mehr zurück ins Römische Reich geschafft hat. Solche Typen gibt es hier im Rheinland häufig. Latein sprechen sie allerdings nur noch selten! Wenn Sie Lust haben, gehen wir nachher noch alle zusammen italienisch essen. Meine Familie hat ein Lokal hier in Neuss, die Trattoria Paolo. – In meiner Familie gibt es viele gute Köche, nur ich falle aus dem Rahmen, deswegen wurde ich dazu verdonnert, mir einen anderen Beruf zu suchen, bevor ich den Ruf des Familienlokals ruiniere. Dabei wurde das Lokal nach mir, als dem ältesten Kind meiner Eltern benannt. Ich war ihr großer Hoffnungsträger, wurde dann allerdings schnell aufgrund meines mangelnden Talents, kulinarische Genüsse zu erzeugen, zur großen Enttäuschung meiner Eltern. Aber ein Familienmitglied bei der Polizei ist ja auch nicht verkehrt. – Mafia und Schutzgeld, Sie verstehen?“ verfiel er gleich wieder in einen leicht frivolen Ton.

Der Staatsanwalt, der Claudia immer wieder forschend ansah, entschuldigte sich direkt, er könne leider nicht mit zum Essen kommen, weil er noch einen Termin habe. Dabei zeigte er vielsagend auf seinen eleganten Anzug.

– „Ach unser Frauenheld, ein Date?“ mischte sich Richard wieder grinsend ein.

– „Quatsch“, meinte der Staatsanwalt, „ich habe noch einen Termin mit eurem höchsten Chef, dem ‚Gutmenschen' Rainer Karmug. Seine gastliche Gattin hat gekocht und bringt mich damit heute Abend um das beste italienische Essen in Neuss und Umgebung. Und wenn ich mich jetzt nicht beeile, sind nicht nur die Blumen für die gastliche Gattin in meinem Wagen verwelkt, sondern dann bekomme ich gar nichts mehr zu essen heute“.

Claudia verspürte ein leichtes Bedauern, denn wenn sie jetzt schon nicht mehr auf ihre freien Tage pochen konnte, wollte sie die Gelegenheit gerne wahrnehmen, ihre neuen Kollegen näher kennenzulernen. Langsam entspannte sie sich und begann sie recht amüsant zu finden. Normalerweise war auch sie nicht auf den Mund gefallen und wusste immer eine Erwiderung. Jetzt war die Gelegenheit für sie gekommen, zu beweisen, dass sie nicht nur patzig und beleidigt sein konnte.

Bevor sie den Ortswechsel zur Trattoria Paolo vornahmen, versuchte sie noch einmal Ronald anzurufen, erreichte aber wieder nur die Mailbox. Sie schwankte zwischen Sorge und Ärger, entschied sich aber dann, dem nicht allzu große Bedeutung zuzumessen und sich auf das italienische Essen zu freuen.

Als sie auf dem Weg waren, rief endlich Ronald an. Er war völlig unbeeindruckt von ihrer Sorge um ihn und meinte nur, dass er sofort nach seiner Ankunft angefangen habe, seine Sachen in die neue Wohnung zu räumen und dabei einer alten Freundin begegnet sei, woraufhin sie spontan zu einem gemeinsamen Abendessen gegangen seien. Claudia war sprachlos über seine nachlässige Art und beendete das Gespräch sehr kurz angebunden. Die beiden Kollegen schauten sie prüfend an, aber sie reagierte nicht und inzwischen waren sie auch schon bei dem Lokal von Paolos Familie angelangt.

Es war keine Pizzeria – wie sie erwartet hatte – sondern, wie der Name schon sagte, eine Trattoria, in der sie herzlich von Roberto, Paolos Vater und seiner Schwester Eleni Fagiani begrüßt und sofort mit Wein und Wasser bedient wurden. Sie wurde mit dem verköstigt, was die Familie selbst zu Abend aß: Tomatensuppe, Saltimbocca mit Spaghetti und hinterher ein wunderbares italienisches Eis. Natürlich war die Familie neugierig auf Claudia und befragte sie ausgiebig nach ihrer Heimat in Schwaben und ihrem Eindruck von Neuss. Dabei erzählte sie auch von Ronald und dass sie beide offenbar wie die sprichwörtlichen Königskinder nicht zusammen kommen könnten.

Es wurde ein sehr vergnügter Abend und als sie sich verabschiedete, um mit ihrem Fahrrad nach Hause zu fahren, stand sie ihrer neuen Heimat und ihrer neuen Tätigkeit schon viel entspannter gegenüber.

5. Der erste Arbeitstag

Am nächsten Morgen erwachte Claudia mit dem Gefühl, dass sie und der Knoblauch im gestrigen Menu in der anschließenden Nacht eine eher weniger harmonische Gemeinschaft gehabt hatten. Auch das Zähneputzen half nicht darüber hinweg. Weder an Kaffee noch an Frühstück hatte sie gestern gedacht und so führte sie ihr Weg erst einmal zu Marlene in die Bäckerei, um sich dort mit Kaffee und einem Croissant zu stärken, bevor sie sich zu ihrem neuen Arbeitsplatz an der Jülicher Landstraße begab. Die Bäckerei lag zwar nicht direkt an ihrem Weg, aber mit dem Fahrrad war der Umweg schnell zu bewältigen. Marlene strahlte sie an, aber ihre Bitte nach einem Croissant und einer Tasse Kaffee tat sie mit einer Handbewegung ab und servierte ihr ein Frühstück, das keine Wünsche offen ließ. Die Zeitungen hatten bereits über den Fund der unbekannten, ermordeten Frau in ihren Schlagzeilen berichtet, und dass eine ebenso unbekannte Frau diese auf dem Spielplatz beim Blutturm aufgefunden hatte. Über diese unbekannte Finderin der Leiche wurde fast mehr spekuliert als über die Leiche selbst.

Als Marlene erfuhr, dass Claudia die unbekannte Frauenleiche gefunden hatte, wurde sie ganz aufgeregt und wollte alles über diesen Leichenfund erfahren. Sie konnte aber Marlene auch nicht viel mehr berichten, als die schon aus den Zeitungen wusste. „Und das auch noch so kurz vor dem Schützenfest …!“ Fast hatte Claudia mit dieser Klage von Marlene gerechnet, nachdem selbst ihre neuen Kollegen den Zeitpunkt der Unbekannten, sich ermorden zu lassen, für außerordentlich unpassend gehalten hatten. Und als Marlene weiter erfuhr, dass Claudia schon vor ihrem Dienstantritt in Neuss der der Abteilung zugeteilt worden war, die den Mord untersuchen sollte, atmete sie erleichtert auf und meinte nur, „Na, dann werdet ihr das doch hoffentlich vor dem Schützenfest noch in Ordnung bringen!“

Langsam fühlte sich Claudia vom Schützenfest verfolgt. Es schien die heilige Kuh der Neusser zu sein. Nach wie vor konnte sie diese Faszination, die das Schützenfest auf die Neusser auszuüben schien, nicht begreifen – wie denn auch: Diese Art Volksfeste waren ihr fremd und die Begeisterung dafür, schien ihr eine typisch rheinische Eigenart zu sein. Ebenso allerdings auch die Kontaktfreudigkeit der Rheinländer – die auch Marlene ihr gegenüber an den Tag gelegt hatte und die ihr sehr gefiel und für ihre Arbeit nur nützlich sein konnte. Marlene war in Neuss geboren und kannte, wie sie schnell bemerkte, die halbe Einwohnerschaft von Neuss persönlich, was ihr – abgesehen davon, dass sie Marlene schon jetzt ins Herz geschlossen hatte – natürlich nur helfen konnte.

Nach dem Frühstück radelte sie weiter zu ihrer neuen Dienststelle. Beim Pförtner erkundigte sie sich nach dem Weg zum Büro ihres neuen Chefs. „Och, wat ham m'r denn do för en Leckerche!" meinte der Pförtner und „Wat woll'n Se denn do!" Claudia blickte ihn fassungs- und verständnislos an, stellte sich als neue Mitarbeiterin der Abteilung vor und war erleichtert, als der Pförtner hochdeutsch und dienstlich wurde. Diesen Dialekt würde sie wohl nie verstehen lernen.

Ihren neuen Chef Rainer Karmug, der am Tag zuvor von ihren Kollegen schon als ‚Gutmensch' bezeichnet worden war, empfand sie als übertrieben freundlich und zu bemüht charmant, aber sie war froh, dass er nicht so ein ausgeprägtes Chefgehabe an den Tag legte, wie sie es von ihrem alten Chef aus Süddeutschland kannte. Er brachte sie zu ihren neuen Kollegen, die sie schon erwartet hatten, um sie erneut nach ihren Eindrücken zum Leichenfund am Blutturm zu befragen, und stellte sie überflüssigerweise mit Pomp, Zeremoniell und einer salbungsvollen Rede noch einmal vor, was alle Kollegen zu einem heimlichen Grinsen veranlasste.

Nach wie vor herrschte über die Identität der Toten völlige Ungewissheit. Es gab bisher keine Vermisstenanzeige, die auf die Tote hinweisen könnte. Auch von der Spurensicherung lagen noch keine diesbezüglichen neuen Erkenntnisse vor und so konnte Claudia erst einmal ihren neuen Arbeitsplatz in Augenschein nehmen. Aber nicht lange, dann kam ein Bericht der KTU (Kriminaltechnischen Untersuchung), der besagte, dass die Unbekannte gegen 19.30 Uhr mit ihrem eigenen Schal erwürgt worden war und dass die Kleidung Rückschlüsse darauf zulasse, dass sie aus Norddeutschland stamme.

Sie begann mit den Kollegen Richard und Paolo zu überlegen, was die Ungekannte nach Neuss geführt haben könne. „Schützenfest …“, meinte sie vielsagend mit Grabesstimme, „es kann nur Schützenfest sein. Was sonst gibt es hier in Neuss, das Fremde anzieht!“

Richard und Paolo schauten sie entgeistert an: „Sieh mal an, kaum zwei Tage im Lande und schon vorlaut!“ meinte Paolo. „Hier in Neuss gibt es schließlich auch hübsche Männer, schau nur uns an oder unseren smarten Staatsanwalt – oder bist du etwa wegen dem Schützenfest hierher gewechselt?“

Man war am Abend zuvor schon zum Du übergegangen. Nein, wegen Schützenfest sei sie nicht nach Neuss gekommen und ihr schöner männlicher Grund ins Rheinland zu wechseln, habe sich ja schnöde vom Acker gemacht, erwiderte sie ehrlich.

– „Was für ein Glück für Neuss, dann haben ja manche einsame Junggesellen noch eine Chance“, lachte Richard bevor sie sich wieder dem Fall zuwandten. In dem Moment kam eine Mitarbeiterin der KTU herein, um weitere Erkenntnisse über die Tote zu übermitteln.

– „Vera Kuhn“ stellte sie sich Claudia vor. Sie hatte ein hübsches, freundliches Gesicht mit auffallend weißen Zähnen, war etwas untersetzt und mindestens 10 kg zu schwer. Ihre Stimme war hoch und ein wenig schrill und Claudia stellte fest, dass sie sich vor den männlichen Kollegen bewusst in Szene setzte und sie dabei immer wieder aus dem Augenwinkel musterte. Neuigkeiten über die Identität der Leiche hatte sie aber noch nicht, sondern brachte nur die Ergebnisse der routinemäßigen Untersuchung: Die Frau war von hinten mit ihrem Schal erwürgt worden, wozu kein großer Kraftaufwand nötig gewesen war. Der Mord konnte demnach ebenso von einem Mann wie von einer Frau begangen worden sein. Nachdem sie sich mit ihren Ergebnissen betont nur an Paolo und Richard gewandt hatte, richtete sie ihren Blick auf Claudia und forderte diese auf, doch mit ihr am Mittag in der Kantine essen zu gehen, und mit einem vielsagenden Blick auf Richard und Paolo: „Über Ihre neuen Kollegen kann ich Ihnen einiges erzählen!"

– „Keine Chance, liebe Vera", fiel Richard gleich ein, „im Moment gehört unsere schöne neue Kollegin nur uns und wir lassen sie uns von keinem streitig machen. Und schon gar nicht, um über uns herzuziehen!"

Veras Augen verengten sich bei diesen Worten, aber sie meinte unverändert fröhlich, aber mit etwas schrillerer Stimmlage, „Bildet euch nur nicht zu viel ein und wir – liebe Frau Pflumm – gehen, sobald sie diesen Don Juans einmal entkommen können, gemeinsam Mittag essen".

Claudia nickte zustimmend, war sich aber nicht sicher, ob Vera Kuhns Angebot wirklich nur freundschaftlich gemeint war oder ob sie sie als Konkurrentin in der Gunst der Männer abtasten wollte.

In diesem Moment ging die Türe auf und herein kam Leo van Kameren. Chic und lässig mit blauer Hose, blau-gelb gestreiftem Hemd und einem leichten gelben Kaschmir-Pullover wirkte er wie aus einem Modejournal entsprungen. Vera fing direkt an, ihn mit ihrer hohen Stimme regelrecht anzuzwitschern und Claudia wurde amüsiert klar, dass hier in Gestalt des Staatsanwalts Veras Objekt der Begierde vor ihr stand und beobachtete, wie Leo van Kameren geduldig auf Veras Avancen einging, bevor er sich ihr und ihren Kollegen zuwendete: „Ach, unsere neue Kollegin hat sich ja auch schon eingefunden. Welch ein Diensteifer schon vor dem eigentlichen Dienstantritt! Ich bin beeindruckt!"

– „Du, lass' dich bitte von anderen Damen beeindrucken als von Claudia. Wir haben soeben Vera klarmachen müssen, dass Claudia jetzt mit Haut und Haaren uns gehört und auch gegen solche Ladykiller, wie du einer bist, unter unserem Schutz steht. Schließlich haben wir sie gestern bereits bei unserer ersten Begegnung schon so beeindruckt, dass sie gleich umfiel. Dagegen kommst du nicht an!"

– Leo hob lachend beide Hände wie zur Abwehr: „Schon gut, aber ich höre, ihr seid schon per Du. Frau Pflumm, das ist hier unter Kollegen so üblich, nehmen Sie mich gütigst auch unter Ihre Blutsbrüder auf?"

– Claudia nickte lachend: „Na klar."

– „Wunderbar und den unabdingbar dazugehörenden Bruderkuss lassen wir dann folgen, wenn wir deine Wachhunde mal abgehängt haben werden. Also haben wir jetzt ein noch undatiertes Date! – Aber jetzt ran an die Arbeit, dazu sind wir ja eigentlich hier."

Veras Gesicht hatte sich bei diesem Geplänkel zusehens verdüstert und verabschiedete sich mit einem schnippischen: „Das wird mir jetzt zu albern hier." Claudia befürchtete schon, sich ohne eigenes Verschulden bei Vera nachhaltig unbeliebt gemacht zu haben, aber da steckte Vera noch einmal den Kopf durch die Türe und rief ihr zu: „Leben Sie sich gut ein und lassen Sie sich von Ihren albernen Kollegen nicht aus dem Konzept bringen," und verabschiedete sich mit einem: „Bis bald" von ihr.

Leo van Kameren klärten sie nun gemeinsam über die bisherigen mageren Erkenntnisse auf, die sie von der unbekannten Frauenleiche hatten. Am Morgen war bereits ein Bild der Unbekannten in der Neuss-Grevenbroicher Zeitung erschienen mit der Bitte um Hinweise der Bevölkerung auf ihre Identität oder ihren Aufenthalt in Neuss, aber mit Ergebnissen konnte man erst im Laufe des Nachmittags rechnen. So beschlossen sie, noch einmal persönlich die Bewohner rund um den Blutturm zu befragen. Die uniformierten Kollegen hatten zwar am Abend zuvor bereits ihre Runde gemacht, aber bisher ohne nennenswertes Resultat.

Das einzige Ergebnis dieser erneuten Befragung war die vage Aussage eines Jungen von ca. 14 Jahren, er habe ungefähr zu der Zeit als die unbekannte Frau ermordet wurde, eine Frau, auf die die Beschreibung der Toten passen könnte, mit einer anderen Person auf dem Spielplatz beim Blutturm reden sehen. Das wollte er etwa eine halbe Stunde vor dem ermittelten Todeszeitpunkt der Unbekannten gesehen haben. Ob die andere Person aber ein Mann oder eine Frau gewesen sei, konnte der Junge nicht genau sagen. Er habe darauf nicht geachtet, glaube aber, dass es sich eher um eine Frau gehandelt habe – es könne aber auch ein Mann gewesen sein! Eine typische Aussage am Anfang einer Untersuchung: sehr vage und unbestimmt.

Beim ‚Klinken putzen' von Haus zu Haus kam auch diesmal kein weiteres brauchbares Ergebnis heraus. Im Grunde wollte keiner etwas gesehen oder gehört haben. Meist versuchte man sie direkt durch einen Türspalt mit: „Ich weiß nichts und ich habe auch nichts gesehen", abzufertigen.

Als sie am späten Nachmittag ins Präsidium zurückkamen, lagen die ersten Hinweise aus der Bevölkerung vor, die bei den verschiedenen Polizeidienststellen eingetroffen waren. Claudia und ihre Kollegen ließen die Berichte für den nächsten Tag liegen.

Claudia widerstand dem Ansinnen von Paolo, den Arbeitstag gemeinsam im Restaurant von Paolos Familie ausklingen zu lassen mit dem Einwand, dass sie noch ihre Wohnung fertig einrichten müsse und machte sich auf den Weg in ihr neues Zuhause.

6. Ronald macht sich rar

Die beiden noch nicht ausgepackten Kisten waren eigentlich nicht der Grund, ihren Kollegen beim Abendessen keine Gesellschaft zu leisten, sondern sie hatte das Verlangen nach ein wenig Zeit für sich selbst, um die letzten beiden Tage Revue passieren zu lassen und auch, um sich ausgiebig mit Ronald auseinanderzusetzen. Durch die sich überschlagenden Ereignisse der letzen beiden Tage, hatten sie kaum Zeit gefunden miteinander zu sprechen und hatten nur kurze Nachrichten am Handy ausgetauscht.

Zu Hause angekommen, entspannte sie sich dann aber erst einmal bei einem Glas Wein auf dem Balkon. Neuss war bisher keineswegs eine Stadt, in der sie sich freiwillig niedergelassen hätte, doch die Kollegen erleichterten ihr durch ihre lockere und fröhliche Art den Neuanfang in Neuss und in ihrem Berufsleben sehr.

Vera Kuhn konnte sie noch nicht so genau einschätzen. Nur eins war ihr sofort klar geworden, dass sie offenbar Leo von Kameren sehr verehrte und jede eventuelle Konkurrentin um dessen Gunst mit äußerstem Misstrauen betrachten würde. Sie beschloss, ihr bei nächster Gelegenheit mitteilen, dass sie in festen Händen ist und erhoffte dadurch, jeglichen Grund für eifersüchtige Zickereien auszuschalten. Sie konnte nichts weniger ertragen als Frauenzickereien und schon gar nicht, wenn sie auch noch deren Ziel sein sollte. Sie wollte gut mit allen Kollegen auskommen.

Ihr neuer oberster Chef Rainer Karmug hatte abgesehen von seiner zu salbungsvollen Schmeichelrede bei ihrer Begrüßung keinen größeren Eindruck auf sie gemacht. Allerdings machte sie sich keine Illusionen und schloss nicht aus, dass seine Freundlichkeit unter Umständen nicht auch schnell ins Gegenteil umschlagen konnte. Er hatte nach den Andeutungen ihrer

Kollegen offensichtlich ein großes Bedürfnis in der Welt eine Rolle zu spielen und entsprach damit einem häufigen Klischee aus bekannten Kriminalromanen. Aber vielleicht hatte sie sich auch von den bissigen Anspielungen ihrer Kollegen beeinflussen lassen. Sie wollte auf jeden Fall eine Vorverurteilung vermeiden und machte sich daher keine weiteren Gedanken mehr über Chef Karmug.

Jetzt fehlte nur noch der smarte Staatsanwalt Leo, von dem sie sich noch gar kein Bild gemacht hatte. Sie konnte allerdings nicht leugnen, dass sie sich von ihm angezogen fühlte und seine charmante Art zu flirten genoss. Ebenso gefiel ihr aber auch seine sachliche Art bei der Arbeit. Durch die Anspielungen seiner Kollegen auf seine Erfolge in der Damenwelt gewarnt, nahm sie sich allerdings vor, in Zukunft Distanz zu ihm zu wahren.

Nach diesen Überlegungen richtete sie ihre Gedanken auf Ronald, mit dem sie bereits seit drei Jahren eine Beziehung führte. Ihre Beziehung war allerdings die ganze Zeit eine Fernbeziehung gewesen, so dass sie sich nur an den Wochenenden hatten sehen können. Natürlich hatten sie auch ihre Urlaube miteinander verbracht. Beide standen sie jetzt vor einem Neuanfang und vielleicht war er deswegen zur Zeit so anders – fast abwesend – wenn sie miteinander telefonierten. Möglicherweise war sie im Moment auch zu anspruchsvoll mit ihren Erwartungen. Aber sie war so voller neuer Eindrücke, die hier in Neuss auf sie einstürzten und er schien so desinteressiert an ihren Erzählungen über ihr neues Leben. Oder hatte das schon früher angefangen? Wie war es denn in den letzten Monaten vor ihrer Übersiedlung ins Rheinland gewesen. Sie konnte sich nicht mehr so recht erinnern, denn sie war sehr gestresst gewesen durch die verfahrene Situation, dass sie beide gleichzeitig umziehen mussten und damit der Zustand, den sie hatten ändern wollen, erhalten blieb. Wenn sie jetzt allerdings darüber nachdachte, schien es ihr, als sei er über die Tatsache, dass sie nun wieder in verschiedenen Regionen leben sollten und nicht wie geplant, ein gemeinsames

Leben aufbauen konnten, bei weitem nicht so geschockt gewesen wie sie selbst.

Sie wollte sich jetzt aber nicht verrückt machen, denn schließlich begann auch er neu in Stuttgart – selbst wenn er eigentlich in seine Heimat zurückgekehrt war, denn er war in Stuttgart groß geworden. Nur schien er ihr nicht nur recht desinteressiert an ihrer neuen Situation, sondern auch ziemlich einsilbig, was seine eigenen neuen Lebensumstände anbetraf. So kannte sie ihn nicht. Eigentlich war er immer der Mitteilsamere von ihnen beiden gewesen. Auf ihren gemeinsamen Reisen hatte sie allerdings immer die Initiative ergriffen, alles organisiert und als die Sprachbegabtere war sie stets die Wortführerin gewesen. Ronald bezeichnete sie daher oft spöttisch als seine Reiseleiterin. Hatte er sich vielleicht manchmal von ihr überfahren gefühlt? Auf diese Idee war sie noch nie gekommen, weil er auch niemals Derartiges geäußert hatte und wie gesagt, war er normalerweise der Eloquentere von ihnen beiden.

Kennengelernt hatten sie sich in Tübingen, wo ihr Vater einen juristischen Lehrstuhl an der Universität inne hatte. Eigentlich waren alle in ihrer Familie Juristen: ihr Großvater, ihr Vater, ihre beiden Brüder, nur sie war aus der Reihe getanzt und zur Polizei gegangen. Aber das war von ihrer Familie sofort akzeptiert worden. Ronald hatte sie auf einer Feier in der Universität kennengelernt. Auch er war Jurist und schon daher hatte sie angenommen, dass er von ihrer Familie schnell akzeptiert würde: Das Gegenteil war der Fall gewesen. Sowohl ihr Vater als auch ihre Brüder standen Ronald sehr reserviert gegenüber, hatten sich aber nie in ihre Beziehung eingemischt. Ronald schien es nie bemerkt zu haben, aber ihr war es immer aufgefallen. Sie führte es darauf zurück, dass sie das einzige weibliche Wesen in der Familie war. Ihre Mutter war früh gestorben und sie war mit ihrem Vater, den beiden Brüdern und der Vertrauten aller Familienmitglieder, der Haushälterin Caro, aufgewachsen. Sie und ihre Brüder hatten immer gehofft, dass ihr Vater irgendwann

Caro heiraten würde, aber das war nie passiert. Allerdings hatte ihr Vater sich auch nie für eine andere Frau entschieden. Und da auch Caro sie nie für einen anderen Mann verlassen hatte, war es ein sehr harmonisches Familienleben gewesen, in dem Caro ihre verstorbene Mutter perfekt ersetzt hatte. Sie hatte Caro gefragt, was ihr Vater und ihre Brüder an Ronald auszusetzen haben könnten, aber auch Caro konnte es ihr nicht erklären. Nur einmal hatte sie gehört, dass ihr Vater Ronald als ‚Schaumschläger' bezeichnete.

Diese Gedanken gingen ihr durch den Kopf, als sie Ronalds Nummer wählte. Es war inzwischen 21 Uhr und jetzt sollte er daheim sein, schließlich hatten sie sich für diese Zeit zu einem Telefongespräch verabredet. Aber wiederum erreichte sie nur die Mailbox. Soeben hatte sie noch viele entschuldigende Gründe für sein verändertes Verhalten gefunden, aber in diesem Moment brachen die alle zusammen. Sie war nicht wütend, sie war traurig. Es dauerte noch etwas mehr als eine halbe Stunde und ein weiteres Glas Wein, das sie bis kurz vor das Versinken in Selbstmitleid brachte, als Ronald anrief.

Von schlechten Gewissen oder einer Entschuldigung keine Spur. Er erzählte, dass er noch mit neuen Kollegen unterwegs gewesen sei, aber jetzt Zeit für sie habe. ‚Wie ein vielbeschäftigter Arzt, der seinen Patienten zu lange hat warten lassen, aber an diesem im Prinzip überhaupt nicht interessiert ist', dachte Claudia, bevor sie ihm von ihrem Tag erzählte. Ronald hörte sich dann zwar ihre Erzählungen an und erzählte auch seinerseits begeistert von seinen neuen Kollegen, aber als sie nachfragte, wie er denn diese neuen Kollegen schon vor seinem eigentlichen Arbeitsantritt kennengelernt habe, stockte er und erzählte etwas von einem geschäftlichen Meeting, zu dem man ihn schon eingeladen habe. Als sie dann andeutete, am nächsten Wochenende nach Stuttgart kommen zu wollen, wurde er sehr zurückhaltend.

Natürlich würde er sich freuen, aber .... ihr Mordfall .... sein neuer Job, das sei doch wirklich keine sehr gute Idee ..... er werde sie selbstverständlich schrecklich vermissen ..... aber jetzt, da sie beide einen neuen Job hätten .... Nach diesem Gestammel brach Claudia das Gespräch ziemlich kurz angebunden ab und versank nun wirklich in Selbstmitleid.

Dann aber rief sie trotz der späten Stunde bei Caro in Tübingen an und schüttete der ihr Herz aus. Caro war wie immer ganz für sie da und das tat ihr unglaublich gut, so dass sie eine Stunde später zwar nicht beruhigt – denn auch Caro fand Ronalds Verhalten sehr seltsam, hatte aber Claudia auch davor gewarnt Ronald zu schnell zu verurteilen – aber doch entspannter ins Bett ging.

7. Erste Erkenntnisse

Am nächsten Morgen traf sie sich mit ihren beiden Kollegen Richard und Paolo gegen 10 Uhr im Büro und weil es Sonntag war, hatten sie sich verabredet, erst einmal gemeinsam zu frühstücken. Jeder sollte seinen Teil dazu beisteuern. Claudia brachte Brötchen von Marlene mit, die sehr enttäuscht war, dass Claudia keine Zeit hatte, bei ihr zu frühstücken. Auch Claudia hätte sich gerne noch mit Marlene über ihr Telefonat mit Ronald ausgesprochen, das sie die ganze Nacht nicht losgelassen hatte. Selbst das Gespräch mit Caro hatte daran nichts geändert. Den Gedankenaustausch mit Marlene musste sie daher verschieben.

In der Dienststelle Jülicher Landstraße begegnete sie mit ihrer Brötchentüte als erstes ihrem Chef Rainer Karmug, der sie überschwänglich begrüßte, ihr Komplimente über ihr Aussehen machte und dann betonte, dass er ja so gerne an ihrem Arbeitsfrühstück teilnähme, wenn er nicht so wichtige andere Termine hätte.

Claudia traf im Büro auf zwei recht verkaterte Kollegen, die sofort betonten, dass es mit ihnen gestern niemals so weit gekommen wäre, wenn sie sie nicht alleine gelassen hätte.

„Na", meinte Claudia, „vielleicht wäre dann aber heute auch keiner von uns hier, weil wir dann alle außer Gefecht wären! Im Übrigen bin ich weder eure Schwester noch Mutter und vor euren düsteren Trieben müsst ihr euch schon selber schützen! Aber einen guten Kaffee braue ich euch heute ausnahmsweise."

Beim Frühstück überflogen sie schon die Unterlagen über Hinweise aus der Bevölkerung. Der erste, den Claudia in die Hand nahm, stammte von einem offensichtlich völlig betrunkenen, Frauen hassenden Zeitgenossen, der behauptete, die Leiche sei seine Frau und es sei gut, dass diese grässliche Spaßbremse jetzt tot sei. Er würde dem Mörder ein Denkmal setzen. Und wenn dieser noch ein paar Frauen ins Jenseits befördere, würde er dafür sorgen, dass dieses Denkmal auf dem Neusser Markt aufgestellt werde.

Paolo hatte ein Pendant dazu: Eine Frau, die behauptete, die Tote sei die Geliebte ihres Mannes und der Mörder hätte besser ihren Mann ermordet, denn schließlich sei diese ja nicht die einzige Geliebte ihres Mannes gewesen.

Natürlich waren beide Anrufe anonym, was bei solchen Aufrufen zur Mitwirkung durch die Bevölkerung nichts Besonderes ist. Trotzdem mussten sie alle Angaben ernsthaft sichten. Denn oft hatten sie die Erfahrung gemacht, dass ein sehr unwahrscheinlicher Hinweis doch einen wahren Kern enthielt, der ihnen später weitergeholfen hatte.

Umgekehrt hatten auch Anrufe, die durchaus ernstzunehmend klangen, ihnen keineswegs weitergeholfen.

Ein anderer Anrufer wollte die Tote mit einem recht korpulenten Mann gesehen haben, wie dieser gemeinsam mit ihr aus einem Hotel auf der Further Straße gekommen sei.

Wieder ein anderer Anrufer wollte wissen, dass die Tote etwas mit einem Düsseldorfer Unterweltboss namens Paul Ratowiak zu tun gehabt habe. Weil er sich aber nicht in Gefahr begeben wolle, indem er dessen Namen nenne, könne er leider seinen eigenen Namen nicht preisgeben.

Anonyme Hinweise waren – wie gesagt – eigentlich eher die Regel als die Ausnahme, aber man konnte eben auch die merkwürdigsten Hinweise nicht außer Acht lassen. So hatten sie einmal auf Grund einer sehr ernstzunehmenden Aussage aus der Bevölkerung während eines spektakulären Entführungs- und letztendlich auch Mordfalls, der sich auf recht ungewöhnliche Aktivitäten in und um ein in der Nähe des Tatorts liegendes Haus bezogen, nicht etwa ein Verbrechernest ausgehoben, sondern ein Privatbordell, das überhaupt nichts mit dem Fall zu tun hatte.

Andererseits hatten sie durch den Hinweis einer Frau, die ein Hausschwein wie einen Hund hielt, das sogar – wenn auch nicht in – aber doch neben ihrem Bett schlief, und die eine völlig verworrene Aussage zu einem Gewaltverbrechen abgab, bei der ihr geliebtes Hausschwein Erika eine entscheidende Rolle spielte, einen Fall aufklären können. Dieses wundersame Tier hatte in der Nähe des Tatorts beim Wühlen im Wald ein paar Gummihandschuhe gefunden, die ihr Frauchen ihm gerade noch entreißen konnte, bevor sie dem Saumagen Unbehagen bereiteten. Diese Handschuhe führten dann tatsächlich zur Aufklärung des Verbrechens, und Haussau Erika konnte ihr Sparbuch mit dem ‚Kopfgeld' auffüllen, das zur Ergreifung des Täters ausgesetzt worden war.

Daher durften sie niemals etwas zu den Akten legen, bevor ein Fall nicht endgültig gelöst war.

Über den Hinweis, der sich auf den Düsseldorfer ‚Unterweltchef' Paul Ratowiak bezog, klärten die Kollegen sie auf: Dass der volle Name genannt wurde, machte den Hinweis sehr vielversprechend, da er aus dem näheren Umfeld des Mannes stammen musste. Allerdings war Paul Ratowiak nach der Information der Polizei bereits ‚im Ruhestand', d. h. er hatte sich aus diesem Geschäft zurück gezogen und Jüngeren das Feld überlassen. Obgleich die Wahrscheinlichkeit groß war, dass er durchaus noch im Hintergrund aktiv war.

Ebenso interessant war auch der Hinweis des Manns, der glaubte, die Ermordete mit einem korpulenten Mann aus einem Hotel an der Further Straße kommen gesehen zu haben. Alleine die Tatsache, dass dieser Anruf nicht anonym erfolgt war, machte ihn vielversprechend.

8. Die Leiche erhält eine Identität

Es sollte aber noch bis zum nächsten Tag dauern, bis die Identität der toten Frau endgültig geklärt werden konnte.

Wie sie aufgrund der Kleidung schon ganz richtig vermutet hatten, stammte die Frau aus Norddeutschland und zwar aus Timmendorf an der Ostsee und hieß Christine Englert. Der Sohn der Verstorbenen hatte sich bei der Polizei gemeldet, da seine Mutter einen Termin mit ihm nicht eingehalten und er von dem Leichenfund in Neuss aus den Medien erfahren hatte.

Er wusste, dass seine Mutter seit vielen Jahren in unregelmäßigen Abständen nach Neuss oder besser ins Rheinland fuhr, um dort einen Mann zu treffen. Mehr aber habe er darüber nie erfahren können, da seine Mutter auf Nachfragen sehr spröde und abwehrend reagiert habe. Er vermutete weiter, dass seine Mutter diesen unbekannten Mann als Ferien- oder Kurgast in Timmendorf kennengelernt haben müsse, wo sie Jahre zuvor einen kleinen Antiquitätenhandel an der Strandpromenade betrieben habe, denn damals hätten ihre unregelmäßigen Reisen begonnen. Sogar ihre gute, solide Beziehung sei darüber in die Brüche gegangen.

Der Sohn musste die Leiche in Neuss identifizieren und konnte so auch direkt, ohne den Umweg über die Timmendorfer Polizei, in Neuss befragt werden. Christoph Englert war ein etwas untersetzter Mann von etwa 30 Jahren, der in einer Bank angestellt war. Ruhig und besonnen hatte er umgehend die Schlüssel zur Wohnung seiner Mutter den örtlichen Behörden ausgehändigt – ohne selbst zuvor die Wohnung noch einmal betreten zu haben, um bloß keine Spuren zu verwischen. Er wirkte schon äußerlich wie ein perfekter Finanzbeamter oder ein Banker, der er ja auch tatsächlich war. Knapp, sachlich und ziemlich emotionslos gab er auf die Fragen von Claudia und ihren Kollegen Auskunft. Nach seinen mangelnden Emotionen, bzw. seiner Kühle befragt, erklärte er, dass das Verhältnis zu seiner Mutter nie ein allzu warmherziges gewesen sei und das, obgleich sein Vater so früh verstorben sei, dass er sich an diesen nicht mehr erinnern könne. Er selbst habe über seinen Vater nie ausführlichere Auskünfte von seiner Mutter erhalten. Sie habe nicht einmal nach seiner Geburt beim Standesamt die Identität seines Vaters preisgegeben.

Natürlich habe seine Mutter einige Freunde oder besser Lebensgefährten gehabt. Einer habe auch längere Zeit mit ihnen zusammengewohnt, ein Paul Knudsen. Jedoch durch das Verhältnis zu dem Feriengast aus dem Rheinland hätten seine Mutter und Paul Knudsen sich entfremdet und schließlich getrennt. Er selbst habe als Kind zu diesem Freund seiner Mutter eine sehr enge Bindung gehabt und ihn als Vaterfigur akzeptiert. Wieso Paul Knudsen, diese offensichtliche Doppelgleisigkeit seiner Mutter überhaupt so lange geduldet habe, sei ihm immer schleierhaft geblieben. Ihn selbst habe es sehr getroffen, als Paul bei ihnen ausgezogen sei. Damals sei dann auch der kleine Laden, den seine Mutter betrieben hatte, nicht mehr zu halten gewesen. Denn ohne Pauls finanzielle Hilfe habe die Mutter den Laden, der nur unregelmäßig Gewinn abgeworfen habe, nicht mehr betreiben können. Soweit die Aussage von Christoph Englert.

Nun hatten sie so viele Hinweise, die sie verfolgen mussten, dass sie einen genauen Vorgehensplan entwarfen, um nicht eventuellen falschen Spuren zu lange nachzugehen.

Zur Identifizierung des eventuellen Neusser Liebhabers der Frau erhofften sie sich Hinweise durch die norddeutschen Kollegen, die die Wohnung von Christine Englert durchsuchten.

Leo van Kameren kam vorbei, um sich bei ihnen über die Fortschritte in diesem Fall zu erkundigen. Auch er fand es vorrangig, die Identität des Liebhabers festzustellen, weil man bei diesem am ehesten ein Mordmotiv vermuten könne. Denn im Timmendorfer/Niendorfer Umfeld der Leiche war auf den ersten Blick keine Person mit einem Motiv für eine solche Gewalttat an Christina Englert zu erkennen. Aber auch das konnte natürlich nicht ausgeschlossen werden, da die Ermordete offenbar selbst ihren Freunden und Bekannten nur sehr wenige Einblicke in ihr Privatleben gewährt hatte.

Leo van Kameren wandte sich Claudia zu und forderte sie auf, mit ihm nach Düsseldorf zu kommen, um die ‚Unterweltgröße' Paul Ratowiak zu befragen. Es komme ihm zwar eher unwahrscheinlich vor, dass sich da eine verwertbare Spur ergeben könne, aber man wisse ja nie. Auskünfte aus diesem Milieu zu erhalten, sei immer außerordentlich schwer.

Während Leo noch sprach, war Vera Kuhn hereingekommen und fiel ihm ins Wort, dass aber erst einmal sie mit Claudia in die Kantine zum Essen gehen werde, denn wenn die Kollegen Claudia nicht einmal Zeit zum Essen ließen, hätten sie bald die nächste Leiche – in diesem Fall eine Hungertote, so dünn wie Claudia bereits sei. „Kommen Sie, Claudia, Ihre Mittagspause steht Ihnen zu – sogar am Sonntag!" forderte sie Claudia auf.

– „Aber nicht alleine", fiel Richard Berg ein, „da kommen wir alle mit! Unseren Ruf lassen wir uns durch dich, liebe Vera, bei Claudia nicht schon nach drei Tagen versauen. Als Düsseldorferin von der rechten Rheinseite müssen wir dich in diesem Fall als subversives Element einschätzen, das uns im Verlaufe eines Kantinenessens die Eigenschaften aller Bösewichter anhängt, die hier in Neuss jemals ihr Unwesen getrieben haben – einschließlich derer des Fetzers Matthias Webers oder des Hochstaplers Tile Kollup!"

– „Ach ja?" schmunzelte Vera, „und wie soll ich dann Claudia eure Tätigkeit bei der Kriminalpolizei erklären? Obgleich – ihr engelgleichen Kommissare – ‚Hochstapler' ist gar nicht schlecht für euch Schönlinge."

– „Unsere Tätigkeit bei der Polizei ist zweifellos reine Tarnung, trotzdem haben wir bereits ermittelt, dass unsere Kantine sonntags zu hat und daher gehen wir alle zu Paolos Familie", lachte Richard und vergnügt zogen alle – einschließlich Leo – zu einem weiteren Arbeitsessen von dannen.

Nach dem gemeinsamen Essen in der Trattoria Paolo war Claudia auch mit Vera per Du und hoffte, ihr klar gemacht zu haben, dass sie an Leo von Kameren selbst nicht interessiert sei. Ob es ihr gelungen war, wusste sie nicht, denn Leo flirtete ganz ungeniert mit ihr. Ihr fröhliches Beisammensein wurde abrupt von Rainer Karmug unterbrochen, der plötzlich mit einem anderen Herrn das Restaurant betrat und mit den Worten auf sie zukam: „Na, Ihr Gelächter hört man ja bis draußen! Sind Sie schon so gut vorangekommen mit dem Fall, dass Sie jetzt etwas zu Lachen haben? – Aber nein, Sie müssen jetzt die fröhliche Runde doch meinetwegen jetzt nicht auflösen. Sie wissen doch, dass ich gar nichts dagegen habe, dass Sie hier gemeinsam Ihre Mahlzeit einnehmen. Gemeinsame Mahlzeiten oder Kaffeepausen können doch nur das gute Betriebsklima fördern.

Sie allerdings, Herr van Kameren, möchte ich doch bitten, nach der Mahlzeit noch für eine kurze Unterredung an meinen und des Stadtverordneten Tisch zu kommen – falls es Ihre Zeit erlaubt".

Damit hatte er voller süßlichen Wohlwollens diese Runde tatsächlich aufgelöst und alle machten sich wieder daran, weiter an diesem Fall zu arbeiten. Claudia blieb noch sitzen und schwatzte ein wenig mit Eleni, die im Hintergrund die Augen verdreht hatte, als Rainer Kamug seine wohldosierte Rede auf die fröhliche Runde losließ.

Leo hielt sich nur kurz am Tisch von Rainer Kamug auf und kam dann zurück zu Claudia und meinte leise: „Er wollte mir im Prinzip nur kurz zeigen, mit welch honorigen Menschen er verkehrt! Das tut seinem Selbstbewusstsein gut! Ich habe ihn aber schnell abgewimmelt mit der Begründung, dass wir einen Termin diesen Fall betreffend mit Paul Ratowiak in Düsseldorf haben. Also auf in die Düsseldorfer Unterwelt, sonst fällt unsere neue Kriminalassistentin Claudia schon zu Beginn ihrer Karriere wegen Herumsitzens in Lokalen – Sonntag hin oder her – in Ungnade!"

9. Erste Befragungen. Besuch bei Paul Ratowiak

Paul Ratowiak wirkte auf den ersten Blick wie ein gutaussehender, seriöser Geschäftsmann. Seinen Einfluss und seine ehemalige Betätigung im Rotlicht-Milieu sah man ihm nicht an. Er mochte zwischen 60 und 65 Jahre alt sein und hatte noch die Figur eines durchtrainierten, jungen Mannes. Seinem freundlichen Lächeln widersprach der abschätzende Blick seiner eiskalten blauen Augen. Er empfing sie in seiner Villa am Rande Düsseldorfs, die sicherlich sehr teuer, aber keineswegs nach Claudias Geschmack eingerichtet war. Ihre Fragen beantwortete er zwar scheinbar offen, aber trotzdem hatte Claudia das Gefühl, nicht alles von ihm zu erfahren. Christina Englert kenne er nicht, versicherte er, es könne allerdings durchaus sein, dass er ihr irgendwann einmal begegnet sei, aber er erinnere sich in keiner Weise an sie. Und die Frage, ob er jemanden kenne, der eine Beziehung zu dieser Frau haben könne, wies er offensichtlich amüsiert zurück, denn da die Frau bei ihm keinerlei dejàvus-Erlebnis auslöse, kenne er selbstverständlich auch niemand anderen, dem er die Frau zuordnen könne. Dem war natürlich nicht viel entgegenzusetzen und daher unterhielten sie sich noch ein wenig über andere Themen. Kurz bevor sie sich verabschieden wollten, kam noch die Ehefrau von Ratowiak herein. Auch ihr zeigten Sie das Bild der Toten. Sie schaute zuerst ihren Mann an, bevor sie langsam den Kopf schüttelte und verneinte die Frau jemals gesehen zu haben. Es schien, als ob sie ihre Antwort erst mit ihrem Mann habe abstimmen wollen und keinerlei Information preisgeben würde, die nicht mit ihm abgestimmt war. Da sie hier nichts mehr herausfinden konnten, verabschiedeten sie sich vom Ehepaar Ratowiak.

Der Besuch bei Paul Ratowiak blieb also für sie relativ unergiebig, aber viel mehr hatten sie auch nicht erwartet. Wie Claudia hatte auch Leo das Gefühl, dass Ratowiak mehr wisse und ihnen weitere Auskünfte hätte geben können. Die Frau mochte ihm tatsächlich unbekannt sein, aber er hatte offenbar eine Vermutung, aufgrund derer er eine Verbindung zwischen ihr und jemand anderem schien ziehen zu können.

Zurückgekehrt aus Düsseldorf trafen sie sich mit ihren Kollegen zum zweiten Mal an diesem Tag im Restaurant von Paolos Familie. Claudia hatte eigentlich keinen Hunger, aber Eleni stellte eine große Platte Antipasti und eine Karaffe Rotwein vor sie alle hin und meinte nur: „Kannst du das ansehen, Claudia, und da nicht zugreifen?" Sie hatte recht, Claudia konnte bei dem Anblick nicht widerstehen.

Plötzlich stürmten drei junge Männer in ihre etwas abgeschiedene Ecke, und eine lautstarke, herzliche Begrüßung zwischen Claudias Kollegen und den unbekannten Männern fand statt. Claudia wurde ihnen als neue Kollegin vorgestellt und sofort frozzelte einer: „Na jetzt ist ja klar, warum ihr bei unserer letzten Versammlung nicht dabei gewesen seid. Wir konnten uns alle nicht vorstellen, dass so ein kleiner Mord euch von euren Schützenpflichten abhalten könnte. Heute haben wir uns im ‚Vogthaus' auf ein Bier getroffen und da das ja nicht weit von hier ist, wollten wir mal nach euch sehen."

‚Schützenbrüder', dachte Claudia, ‚es konnte ja nicht von Dauer sein, dass ich davon verschont bleib'. Die Missbilligung in ihrem Blick war so unübersehbar, dass die Kollegen schallend anfingen zu lachen. Die drei Schützenbrüder schauten etwas fassungslos. Vermutlich war eine andere Einstellung zum Schützenfest als die eigene für sie einfach unvorstellbar.

Entschuldigend klärte Leo seine Schützenfreunde auf: „Unsere schöne neue Kollegin ist sehr energisch gegen unser Volksbrauchtum hier eingestellt, aber sie ist ja noch ganz frisch hier in Neuss und hat noch keine Parade am Schützenfestsonntag miterlebt. Spätestens aber nach der Parade in drei Wochen garantiere ich euch, ist auch sie infiziert!"

– „Davon träumst du auch nur", warf Claudia ein, „an dem Wochenende fahre ich nach Stuttgart".

– Leo lachte: „Du wirst schon sehen, wer hier träumt, denn an diesem Wochenende hast du Dienst. Mein Gespräch vorhin mit eurem honorigen Chef Rainer Karmug hat sich nur um dich gedreht. Er ist in seinem übertriebenen Gutmenschentum wohl häufig etwas nervig, aber diesmal muss ich ihn belobigen, denn er wird dich dazu verdonnern, mit seiner ebenso edlen, wie auch würdigen Gattin die Schützenparade auf der Tribüne mitzuerleben. Das soll seine Wiedergutmachung dafür sein, dass du durch unseren Mordfall keine Zeit hattest, dich hier einzuleben. Und dann darfst du uns voller Stolz auf deine tollen Kollegen dabei zusehen, wie wir über den Markt ziehen!"

Claudia verschluckte sich vor Schreck an ihrem Wein und trotz eines heftigen Hustenanfalls krächzte sie empört: „Das ist jetzt nicht dein Ernst, du nimmst mich doch hoffentlich nur auf den Arm!"

– „Keineswegs", schmunzelte Leo, während sich Richard und Paolo königlich über sie amüsierten, „und es kommt noch schlimmer, auf der Tribüne sitzt nicht das Fußvolk, da machen sich die Damen sich gegenseitig mit Hut und Kleid Konkurrenz! Also musst auch du mit deinem Outfit protzen. Jeans und T Shirt ist nicht!"

Claudia glaubte immer noch, dass er sich einen Scherz mit ihr erlaubte – auch wenn sie sich nicht mehr ganz so sicher war und erwiderte nur ganz gelassen: „Das werden wir ja dann sehen. Aber wenn das stimmen sollte und ich an diesem Wochenende nicht nach Stuttgart komme, könne es sein dass ihr hier in Neuss einen zweiten Fetzer erlebt".

Wer der Fetzer war, der Mittags im Gespräch von Vera Kuhn bereits als historischer Neusser Bösewicht erwähnt worden war, hatte sie auf der Fahrt nach Düsseldorf von Leo erfahren.

Der Fetzer, der mit bürgerlichem Namen Matthias Weber hieß, war ein berühmt-berüchtigter Räuberhauptmann, der 1778 in Dirkes, in der Nähe von Neuss geboren wurde und nach kurzer, sehr erfolgreicher und blutiger Räuber-Karriere in Köln 1803 hingerichtet wurde. Er und seine Räuberbande verbreiteten Schrecken von Holland bis zum Mittelrhein. Die Bande hatte ihr Hauptquartier besonders in verrufenen Spelunken auf der Furth.

Die Bezeichnung ‚Fetzer' – erzählte Leo ihr – erhielt er auf Grund seiner besonderen Art, mit dem Messer zu kämpfen. Es gelang ihm, zweimal das Neusser Rathaus auszurauben. Zu seiner Beute gehörten die Stadtkasse und zahlreiches Silbergerät aus kirchlichen Beständen, das niemals wieder auftauchte. Nach seinem zweiten Raub im Neusser Rathaus konnte er gefangen genommen und im Neusser Windmühlenturm fest gesetzt werden. Aber nicht lange, denn er konnte auf spektakuläre Weise ausbrechen, indem er und seine Spiesgesellen die Decke durchbrachen und sich mit Hilfe des Segeltuchs der Windmühlenflügel zur Erde hinabließen. Anschließend verlagerte er seine Tätigkeit auf das ganze Rheinland bis nach Hessen hinein. Nachdem er allerdings den Köln-Elberfelder Postwagen mit seiner Bande überfallen hatte und ihm dabei 13.000 Reichstaler in die Hände gefallen waren, wurde er nun auch von den Hessen, den Preußen und von den Franzosen gesucht, aus deren Armee er ehemals desertiert war und die zu dieser Zeit die westliche Rheinseite besetzt hielten. In Frankfurt wurde er schließlich gefasst, nach Köln überführt und dort hingerichtet.

Claudia liebte solche historischen Geschichten und hatte Leo begeistert zugehört, als er sie auf ihre Nachfrage über die Person des Fetzers aufklärte.

Da Claudia sich nach diesem Gespräch mit Paolos Schwester Eleni in eine andere Ecke zurückgezogen hatte, mit der sie sich über ihre neuen Kollegen aber auch über ihre Geschichte mit Ronald austauschen konnte, ließen die drei Männer sie zurück, um im Lokal ‚Vogthaus' noch ein Bier mit ihren Schützenkollegen zu trinken, die sie auf Grund des aktuellen Mordfalls an diesem Wochenende notgedrungen hatten vernachlässigen müssen.

Eleni riet Claudia, sich ruhig ein wenig mehr auf Neuss einzulassen, denn um die Neusser Mentalität besser verstehen zu lernen, müsse sie auch das Schützenfest mit einbeziehen. Und ablehnen könne man schließlich nur etwas, das man kenne.

Das Schützenfest habe in Neuss eine sehr lange Tradition und gründe dazu noch auf historische Ereignisse! Immerhin sei die erste Schützenbruderschaft, die Sankt-Sebastianus-Schützenbruderschaft bereits am 1. November 1415 für den Fall der Verteidigung der Stadt Neuss gegründet worden. Und neben den normalen christlichen Brudenschafts-Verpflichtungen wie Gebet, Kirchgang, Opfergaben und Teilnahme an Leichenbegängnissen habe man damals auch erstmalig eine soziale Verpflichtung durch eine Schützenbruderschaft in die Statuten aufgenommen, die so vorher nirgendwo existiert habe: In Not geratene Schützenbrüder sollten finanzielle Unterstützung erhalten.

Das Neusser-Bürger-Schützenfest in seiner heutigen Form habe sich aber erst zu Beginn des 19. Jahrhunderts etabliert. Die Neusser Scheibenschützen, die sich auf die alte Sankt-Sebastianus Schützengesellschaft gründen, entwickelten sich – wie auch andere Schützenvereine – aus Junggesellenbünden, die in Neuss traditionell die Brauchtumsträger waren; sie bilden den ältesten Schützenverein. In den folgenden Jahren entstanden weitere Vereine wie die Grenadiere und Jäger 1823, die Sappeure ca. 1835, die Schützengilde 1850 die Artillerie1854 oder die Sankt Hubertus-Schützen im Jahr 1899 – die damit fast noch ein Newcomer im Schützenwesen ist. Claudia möge sie aber nicht auf die genauen Jahreszahlen festlegen, sie habe sie jetzt spontan aus dem Gedächtnis geholt. „Du siehst, Claudia", fuhr Eleni fort, „das Schützenwesen hat eine sehr lange Tradition hier in Neuss. Seine Besonderheit ist, dass die Teilnahme daran jedem offensteht. Ob alteingesessener Neusser oder neu zugezogener Neusser oder gar nicht in Neuss ansässig, ob Ausländer oder Inländer, ob er aus Burkina Faso oder Büttgen stammt, die Aufnahme in einen Schützenverein steht im Prinzip jedem offen – mit einer klitzekleinen Ausnahme: Frauen!" Claudia zog die Augenbrauen verwundert hoch. „Ja, Frauen dürfen höchstens in den Musikcorps mitmarschieren, denn Frauen hatten und haben bei militärischen Dingen nichts zu suchen – jedenfalls in

Friedenszeiten nicht. Es ist zwar belegt, dass auch die Frauen bei der Verteidigung von Neuss gegen Karl von Burgund 1474/75 kräftig unterstützend mitgewirkt haben – vermutlich weniger im offenen Kampf – aber das Schützenfest ist in Neuss trotzdem eine reine Männersache. D. h. Frauen dürfen mit schönen Kleidern und Hüten herausgeputzt den braven Schützen zujubeln und wenn sie bei der sonntäglichen Parade siegreich den Markt ohne nennenswerte Fehltritte überqueren, ihnen Blümchen überreichen, außerdem Uniformen aufbügeln, frische Hemden bereit halten – also im Hintergrund als ergeben dienende Schützenfrauen tätig werden, aber damit ist ihre Rolle bei diesem Großereignis auch schon erfüllt".

Claudia, die bei diesen Ausführungen trotz inneren Widerstands schon fast Interesse am Schützenwesen entwickelte, entlockten die letzten Ausführungen ein ironisches Grinsen, als Eleni fortfuhr: „Aber du magst es kaum glauben, ich bin zwar Italienerin, aber Schützenfest hat auch mich in seinen Bann gezogen und das nicht, weil Paolo und seine Freunde bei den Scheibenschützen aktiv sind. Tu dir doch selbst den Gefallen und schau es dir einfach einmal an – von mir aus mit so viel Voreingenommenheit, wie du möchtest. Ich bin gespannt, ob du nicht auch Freude daran finden wirst."

Claudia lächelte etwas schief und meinte nur „Mal sehen, ich werde wohl kaum darum herumkommen können, wenn ich tatsächlich mit der wohlbestellten Karmug-Gattin auf die Tribüne muss!"

Beide brachen in Gelächter aus und verabschiedeten sich mit einer Umarmung. Claudia hatte zum zweiten Mal an einem Tag eine historische Belehrung erhalten, die sie sehr interessiert hatte. Sie war erstaunt, wie gut sich Eleni im Neusser Schützenwesen auskannte und fühlte nun doch ein größeres Verlangen, sich mehr mit der Neusser Stadtgeschichte zu beschäftigen, wobei ihr skurrile Geschichten wie die vom Neusser Fetzer besonderes Vergnügen bereiteten.

10. Christine Englerts Verbindung zu Neuss

Die Untersuchungen in Timmendorf ergaben nur sehr spärliche Hinweise auf die Verbindungsperson von Christine Englert in Neuss. Selbst Freunde und Kollegen wussten nur, dass Christina regelmäßig ins Rheinland fuhr. Wohin genau oder zu wem sie fuhr, wusste allerdings keiner der Befragten. Allgemein wurde vermutet, dass sie dort Verwandtschaft besitzen müsse. Von ihrem Typ her sei Christine eine sehr gesellige Person gewesen, fröhlich und amüsant, dass sie dabei allerdings keinerlei Informationen über sich selbst preisgab, fiel den Befragten erst durch die Nachforschungen der Polizei auf. Nur ein einziges Foto, das die Beamten bei der Durchsuchung ihrer Wohnung fanden, lieferte einen Hinweis auf Neuss. Es war eine Gebirgslandschaft darauf zu sehen und am Rande ein Motorrad mit schlecht erkennbarem Neusser Kennzeichen. Weitere Fotos oder Briefe konnten nicht gefunden werden. Selbst der Einzelverbindungsnachweis ihres Festnetztelefons brachte keine weiteren Erkenntnisse über ihre Kontaktperson in Neuss. Ihr Handy war bisher nicht gefunden worden. Das war vermutlich in ihrer vom Tatort verschwundenen Handtasche gewesen.

Die Nachforschungen wegen des Motorradkennzeichens waren nicht ganz einfach. Momentan gehörte das Kennzeichen zum Wagen eines 18jährigen Mädchens, das gerade seinen Führerschein bestanden, aber seit drei Wochen auf den Kanarischen Inseln einen Ferienjob als Animateurin inne hatte. Der Vorbesitzer des Kennzeichens war inzwischen verstorben, hatte das Kennzeichen aber auch an einem Auto und nicht an einem Motorrad geführt. Die Nachforschungen nach anderen Vorbesitzern dauerten im Straßenverkehrsamt noch an, denn solange die Daten dort im Computer erfasst waren, hatte kein Motorrad diese Nummer erhalten.

Erst im Laufe des nächsten Tages ergaben die Recherchen des Straßenverkehrsamtes im dazu gehörigen Archiv ein Ergebnis. Die Nummer hatte vor vielen Jahren zu dem Motorrad des Neussers namens Wilhelm Dietrich gehört. Claudia, die den Anruf des Verkehrsamts entgegengenommen hatte, lief ganz aufgeregt zu ihren Kollegen, die noch in der Kantine frühstückten. Endlich hatten sie eine greifbare Verbindung der Toten zu Neuss entdeckt, bei der sie ihre Ermittlungen ansetzen konnten. Als sie ihren Kollegen aber die Neuigkeit eröffnete, blickte sie nur in erstarrte Gesichter. „Was ist denn mit euch los?“ fragte sie fassungslos.

„Wilhelm Dietrich?“ meinte Paolo, „das kann doch gar nicht sein! Er ist eine bekannte Größe hier in Neuss. Er ist Vorsitzender in einem Schützenverein und ein verdammt guter!“ –

– „Ach nein“, meinte Claudia, „und das macht eine Bekanntschaft mit Christine Englert unmöglich? Dann müssen wir wohl von vornherein die gesamte männliche Bevölkerung von Neuss bis hinunter zu den 4jährigen ausschließen, denn ab diesem Alter sind vermutlich auch alle Neusser Jungen bei den Edelknaben – oder fangen die noch früher an?“

– „Claudia, ich bin sprachlos. Du weißt aber schon gut Bescheid im Neusser Schützenwesen!“ staunte Richard.

– „Na dessen kann man sich hier ja wohl kaum erwehren. Die Edelknaben sind ja wohl die Einzigen, die sich auf Grund ihres Alters auf die traditionellen Junggesellenvereinigungen berufen können – oder ab welchem Alter erklärt ihr Neusser euch für geschlechts- und ehereif?“

– „Na, dann müssen Paolo und ich uns gleich mal zu Wilhelm Dietrich auf den Weg machen.“ –

– „Ihr glaubt doch nicht, dass ihr mich davon ausschließen und dann mit eurem Ober-Schützen gemeinsame Sache machen könnt. Ihr seid ja total voreingenommen gegenüber eurem heiligen Ober-Schützenbruder!“

– „Unser Ober-Schütze – wie du ihn zu verunglimpfen beliebst – ist er nicht, er ist bei einem anderen Verein“.

– „Ach nein“, meinte Claudia auf Paolos Einwurf, „und das soll eine Garantie für eure Objektivität ihm gegenüber sein? – Keine Chance, ich gehe mit!“

– „Guten Morgen“ ertönte es hinter ihr, „wohin gehst du mit Claudia?“ Hinter ihr standen Leo und Vera jeder mit einer Tasse Kaffee in der Hand und lächelten amüsiert. „Worüber regst du dich denn so auf, du Feuerkopf?“ fragte Leo und Vera Kuhn sagte betont wohlwollend mit mütterlichem Lächeln: „Na, na, man hört dich ja durch die ganze Kantine. An so einem schönen Morgen sollte man sich noch nicht so aufregen, sondern erst einmal eine gute Tasse Kaffee genießen“, und schaute dabei kokett zu Leo auf. Der hielt seinen Blick aber weiterhin auf die empörte Claudia gerichtet und meinte neckend: „Raus mit der Sprache, wohin wollen sie dich nicht mitnehmen? Ich stehe sofort zur Verfügung und führe dich, wohin du willst.“

Richard schaltete sich ein: „Es geht um Wilhelm Dietrich, er scheint die Verbindung von unserem Mordopfer zu Neuss zu sein!“

– „Oh“, meinte Leo, „jetzt wird die Sache aber spannend. Und warum soll Claudia zur Befragung nicht mitgehen?“

– „Na, er ist doch sehr aktiv und dann noch in exponierter Stellung im Schützenwesen engagiert. Das alleine ist für Claudia ja schon ein Schuldeingeständnis. Sie wird ihn ohne Befragung und Gerichtsurteil direkt zum Schafott bitten!“

– „Spinner“, antwortete Leo auf Paolos Einwurf, „Claudia ist vielleicht objektiver als ihr. Ich kann auch mit ihr gemeinsam die Befragung vornehmen, ich habe heute Morgen Zeit!“

– „Aber erst nach unserm gemeinsamen Kaffee“, meinte Vera jetzt gar nicht mehr so mütterlich, sondern eher im Tonfall eines beleidigten Kindes, „den hast du mir versprochen, Leo. Komm, wir setzen uns dort hinten hin.“

– „Wieso dort hinten?“ fragte Leo, „hier ist doch noch genug Platz.“

Die Enttäuschung war Vera anzusehen, aber sie nahm wortlos an dem Tisch Platz, an dem schon Claudias Kollegen saßen.

Claudia verabschiedete sich schnell und bemerkte aus dem Augenwinkel, dass Veras Mine sich etwas aufhellte. Sie hatte Verständnis für Veras Gefühle und fühlte sich ein wenig solidarisch mit ihr, denn auch sie kämpfte ja momentan mit ihrer unklaren Beziehung zu Ronald. Obwohl – eigentlich hatte sie auf Grund der Ereignisse in Neuss seit ihrem letzten Telefongespräch keinen Gedanken mehr an ihre Beziehung verschwendet. Sie hatten auch nicht mehr telefoniert und das war ihr bis jetzt gar nicht aufgefallen. Aber es war schon immer so gewesen, dass sie, wenn sie in einem Fall steckte, alles andere zurückstellte, ja beinahe vergaß. Heute Abend würde sie noch einmal versuchen, mit ihm zu sprechen. Mit diesem Gedanken schob sie Ronald und ihre persönlichen Probleme energisch von sich und wandte sich wieder Christina Englert und deren tragischem Ende zu.

Eine halbe Stunde später kam Richard Berg ins Büro zurück und meinte: „Claudia, wir beide sind die auserwählten Spürhunde, die Wilhelm Dietrich besuchen dürfen. Paolo wollte das zwar nicht zugeben, aber Leo hat ihn überredet, hier zu bleiben, da er Dietrich viel besser kennt und zudem viel emotionaler ist als ich!"

Gemeinsam machten sie sich auf den Weg und als sie vor einem großen Haus hielten, meinte Claudia, „Das ist ja ganz in meiner Nähe, von hier bin ich in wenigen Minuten zu Hause". Mehrere Autos waren vor der Tür geparkt, unter anderem ein auffälliger Sportwagen in der Garageneinfahrt. Claudia fiel sofort auf, dass das Nummernschild des Sportwagens die gleiche Buchstabenkombination trug, wie das Motorrad auf dem Foto. Sie machte Richard darauf aufmerksam und stellte fest, dass auch er plötzlich seine Lässigkeit verlor und hochkonzentriert war. „Das scheint entweder ein merkwürdiger Zufall zu sein oder ist ein klarer Hinweis, dass wir hier richtig sind", meinte er, „aber das werden wir ja hoffentlich gleich erfahren".

Nach ihrem Klingeln öffnete sich die Tür fast unverzüglich. Eine kleine, blonde Frau mit kinnlangem Pagenschnitt und gedrungener Statur öffnete die Tür und schaute sie fragend an.

– „Sind Sie Frau Dietrich", fragte Claudia.

– „Natürlich", erwiderte sie, „was wünschen Sie?"

– „Wir hätten gerne Ihren Mann gesprochen, Frau Dietrich. Wir sind von der Kripo Neuss!" übernahm jetzt Richard das Gespräch. Mit der Antwort, dass sie ihn sofort holen würde, schloss sie die Türe wieder und verschwand. Richard und Claudia schauten sich verdutzt an und warteten. Nach einer Minute öffnete sich die Tür wieder und vor ihnen stand ein untersetzter, nicht sehr großer Mann von erheblicher Körpermasse. ‚Ob er wohl so hoch wie breit ist?' – schoss es Claudia respektlos durch den Kopf.

11. Auftritt des großen Schützenvorsitzenden

„Guten Tag“, richtete Wilhelm Dietrich seinen Blick zuerst auf Claudia, „die Polizei bei mir, das überrascht mich aber“. Dann schaute er kritisch Richard an und Claudia schoss durch den Kopf: Jetzt fragt er Richard gleich ‚Wo haben Sie denn gedient?' – Natürlich tat er das nicht, sondern meinte: „Wir kennen uns aber auch“.

– Richard meinte: „Ja vielleicht, ich bin bei den Scheibenschützen!“

– „Ach ja, ohne Uniform muss man da manchmal überlegen“, lächelte Wilhelm Dietrich.

‚Mit Uniform ist das ja auch kein Kunststück‘, amüsierte sich Claudia innerlich über Wilhelm Dietrichs Versuch, schnell eine schützenbrüderliche Verbindung herzustellen. Im nächsten Moment rief sie sich zur Ordnung und versuchte sich auf ihre Aufgabe zu konzentrieren. Wilhelm Dietrich bat sie herein und sie betraten ein großes Wohn-Esszimmer mit gediegenen, aber auch zum Teil recht altmodischen Möbeln. Die von Wilhelm Dietrich, den Claudia bei sich immer nur den dicken Ober-Schützen nannte, angebotene Erfrischungen, Kaffee oder Tee lehnten sie ab. Richard erklärte, dass die ermordete Frau vom Blutturm der Grund für ihren Besuch sei. Claudia beobachtete Dietrichs Reaktion aufmerksam. Seine Augen verdunkelten sich unversehens und sein Gesicht wurde angespannt. Er war der Typ des jovialen, übergewichtigen Mannes, der zu jeglichen Ausschweifungen neigt, sowohl bei leiblichen wie auch bei sexuellen Genüssen. Sein Gesicht hatte keinerlei klare oder markante Konturen mehr, sondern wirkte recht verschwommen, aber er hatte eine sympathische, wohltönende Stimme als er jetzt fragte, wie sie denn im Zusammenhang mit dem Mordfall auf ihn gekommen seien.

Inzwischen war auch seine Frau wieder hereingekommen und setzte sich zu ihnen. Sie erinnerte Claudia an irgendwen, aber so sehr sie sich auch bemühte, es fiel ihr nicht ein an wen.

Sie bemerkte, dass Wilhelm Dietrich von seiner Frau unverwandt beobachtet wurde. Sie griff auch sofort in das Gespräch ein und fragte mit recht ungeduldigem Unterton, warum man sie denn deswegen belästige.

Wilhelm Dietrich wandte sich beruhigend an sie: „Lore, es ist überhaupt nicht nötig, dass du deine Zeit hier vergeudest, du hast doch bestimmt noch genug im Büro zu tun!“ – und an Claudia und Richard gerichtet: „Wissen Sie, wir sind selbständig und da ist immer viel zu tun, auch unsere jüngste Tochter arbeitet mit.“

Scheinbar liefen die Geschäfte ja zufriedenstellend, dachte Claudia, eingedenk des Sportwagens in der Garageneinfahrt. Lore Dietrich bewegte sich aber nicht vom Fleck und überhörte die Aufforderung ihres Mannes einfach.

Richard holte das Polizeifoto von Christina Englert hervor und hielt es Wilhelm Dietrich hin: „Bitte schauen Sie sich doch einmal das Foto des Opfers an. Kennen Sie diese Person?“

Wilhelm Dietrich nahm das Foto in seine, für einen so korpulenten Mann, recht zierliche Hand. Claudia schien es, als habe seine Hand dabei leicht gezittert, aber sie konnte sich auch täuschen. Nachdem er es eine Weile betrachtet hatte, nahm Lore Dietrich ihrem Mann das Foto aus der Hand und nach einem kurzen Blick darauf, warf sie es auf den Tisch und schnaubte: „Natürlich kennen wir die Frau nicht, wie kommen Sie eigentlich darauf?“

Claudia und Richard sahen jetzt beide Dietrich an, der seinen Kopf sinnend mit starrem Blick hin und herbewegte und dann etwas gepresst sagte: „Ich weiß nicht, aber mir kommt sie irgendwie bekannt vor“.

Bevor Claudia oder Richard etwas sagen konnten, herrschte Lore Dietrich ihren Mann an: „Wie? Sie kommt dir bekannt vor, erzähl doch keinen Blödsinn, dann müsste ich sie ja auch kennen!“

Hui, dachte Claudia, die hat aber Haare auf den Zähnen und sagte freundlich zur aufgebrachten Ober-Schützengattin: „Bitte, Frau Dietrich, können wir mit Ihrem Mann alleine sprechen?“

Da hatte sie aber nicht mit Lore Dietrich gerechnet. Wie eine wütende Henne gackerte sie los: „Was erlauben Sie sich eigentlich. Glauben Sie wirklich, ich ließe mich von Ihnen in meinem Haus aus meinem Wohnzimmer werfen?“

„Kein Problem“, reagierte Richard sofort, „dann möchten wir Ihren Mann jetzt bitten, mit uns zu unserer Dienststelle zu kommen.“

Dietrich wandte sich begütigend an seine Frau: „Nun mach doch nicht so einen Aufstand Lore. Ich werde ja wohl ein paar Minuten mit Herrn Berg – er ist übrigens ein Schützenkollege von mir – und Frau Pflumm alleine sprechen können“.

Ohne ein weiteres Wort stob Lore Dietrich empört aus dem Wohnzimmer. In dem Moment wurde Claudia auch klar, an wen sie Lore Dietrich sie flüchtig erinnerte: an Camilla Parker Bowles. Vielleicht lag es nur an der Frisur oder an den Bewegungen, aber das Temperament der Frau von Prinz Charles – falls sie überhaupt Temperament haben sollte – war mit Sicherheit wesentlich gezügelter. Wie auch vermutlich deren Taille schlanker ist, fügte Claudia in Gedanken boshaft, mit der Arroganz der Superschlanken hinzu.

Dietrich erklärte dann, dass er die Frau nicht einsortieren könne, aber das Gefühl habe, sie zu kennen. Claudia fiel auf, dass er jetzt sehr vorsichtig und überlegt sprach. Sie erklärte ihn darüber auf, dass man in der Wohnung des Mordopfers ein Foto gefunden habe, auf dem sein ehemaliges Motorrad zu sehen gewesen sei, und dadurch sei man auf ihn gekommen. Wilhelm Dietrich entspannte sich sichtlich und wies sie darauf hin, dass er dieses Motorrad seit ca. 15 Jahren nicht mehr besitze und wer denn diese Frau überhaupt sei.

Richard nannte ihm den Namen und Wilhelm Dietrich überlegte kurz und meinte dann, dass er eine Frau mit diesem Namen gekannt habe, aber das sei schon viele Jahre – mindestens 25 Jahre – her und sei in Norddeutschland gewesen. Er habe in Dänischburg nahe der Ostsee beruflich zu tun gehabt und habe dabei ihre Bekanntschaft gemacht.

– Ob diese Bekanntschaft mit Frau Englert über eine normale Freundschaft hinausgegangen sei, wollte Claudia wissen.

– Dietrich senkte die Stimme und warf einen Blick zur Wohnzimmertür. Ja, das sei sie, aber das sei eben schon sehr lange her.

– Sein Motorrad sei auf einem Bild in den Alpen abgebildet gewesen, stellte Richard fest.

– Ja das könne stimmen, denn er habe einmal mit Christine eine Motorradtour in die Alpen gemacht und dabei sei vermutlich auch dieses Foto entstanden.

– Wie lange denn die Beziehung zu Christina Englert gedauert habe, war die nächste Frage, die sie Wilhelm Dietrich stellten.

– Das könne er jetzt nicht mehr genau sagen, aber es sei schon sehr lange vorbei.

– Ob er sich damals auch in Neuss mit Frau Englert getroffen habe?

– Nein, das sei nie geschehen.

– Ob er sich vorstellen könne, warum Frau Englert regelmäßig nach Neuss gekommen sei?

Wilhelm Dietrich stellte die Gegenfrage, woher sie denn wüssten, dass sie das getan habe und Richard, der jetzt alleine das Gespräch übernahm, während Claudia Notizen machte, antwortete, dass das ihr Sohn ausgesagt habe.

– „Ihr Sohn?“ fragte Wilhelm Dietrich völlig entgeistert, „sie hatte einen Sohn? Davon wusste ich ja überhaupt nichts!“

Richard ignorierte diese erstaunliche Reaktion und Wilhelm Dietrich hatte sich auch sehr schnell wieder gefasst und fuhr fort: „Es ist doch eine schreckliche Vorstellung, dass da ein Kind zurückbleibt.“

– „Na ja, Kind ist vielleicht falsch ausgedrückt. Der Sohn ist schon Ende zwanzig und steht auf eigenen Beinen!“

Wilhelm Dietrich wurde nachdenklich, wechselte dann aber unvermittelt das Thema und meinte zu Richard gewandt: „Dann werden wir uns in den nächsten Wochen wohl regelmäßig sehen – beim Oberstehrenabend, Königsehrenabend und dann natürlich beim Schützenfest“.

Richard meinte nur; „Na ich denke, dass wir uns auch sicherlich in der Angelegenheit Christina Englert noch weiter unterhalten müssen. Aber jetzt werden wir Sie erst einmal verlassen!"

Claudia, die eifrig Notizen gemacht hatte, stand auf und packte ihre Notizen in ihre Tasche. Lore Dietrich stand in der Diele, als sie den Wohnraum verließen und schaute recht düster aus. Sie verabschiedete sich kühl, fast schon unhöflich. – Sie waren noch nicht richtig auf der Straße, da hörten sie, dass eine heftige, lautstarke Diskussion im Hause des Ober-Schützen anhob.

– „Meine Güte", meinte Richard, „die hat bestimmt an der anderen Tür zum Wohnzimmer gelauscht und jetzt hängt der Haussegen schief. Mit der möchte ich aber auch nicht aneinandergeraten!"

Claudia äußerte ihr Erstaunen, dass Richard nicht weiter gebohrt hatte, denn es sei doch eindeutig gewesen, dass der dikke Ober-Schütze nicht die Wahrheit über seine Beziehung zu Christine Englert gesagt habe. Denn warum sollte er erstaunt über die Existenz von deren Sohn gewesen sein, wenn er seit Jahren keinen Kontakt mehr zu ihr gehabt habe. Und wieso er davon sprach, dass ein ‚Kind' alleine zurückbliebe, denn er konnte ja auch nicht wissen, ob es da nicht noch einen Vater gab.

Richard meinte, es habe aber doch keinen Sinn mehr gehabt, ihn weiter zu befragen, denn man habe ja erkennen können, wie ängstlich er gewesen sei, dass seine Frau etwas von ihrem Gespräch mitbekommen könne – und diese Angst sei wohl auch nicht ganz unberechtigt, wie der Krach zeige, der sich nach ihrem Weggang entwickelt habe.

Als sie in der Polizeidienststelle zurück waren, fertigten sie noch ihren Bericht an und verabschiedeten sich für diesen Tag. Einen genaueren Bericht über das Gespräch mit Wilhelm Dietrich würden sie ihren Kollegen am nächsten Morgen bei der täglichen Besprechung geben.

12. Aufklärung bei Pflaumenkuchen

Claudia kam nach Hause mit den besten Vorsätzen, ihre letzten Umzugskartons nun endlich auszupacken. Stattdessen setzte sie sich aber mit einer großen Tasse Kaffee auf ihren Balkon und beschäftigte sich mit dem Gespräch, das sie und Richard zuvor mit Wilhelm Dietrich geführt hatten. Der dicke Ober-Schütze – wie sie ihn nach wie vor bei sich nannte – wirkte sehr bemüht und aufrichtig, hatte sich aber durch sein Erstaunen über die Existenz des Sohnes von Christina Englert selbst bloßgestellt. Es konnte sich eigentlich nicht um eine so lange zurückliegende Beziehung handeln, wie er sie glauben machen wollte. Aber wer könnte ihr darüber oder wenigstens über den Charakter des Ober-Schützen Auskunft geben? Ihren beiden Kollegen traute sie eigentlich nicht zu, objektiv gegenüber einem Schützenbruder zu bleiben. Besonders Paolo, der ein begeisterter Schütze war, kam ihr mit seinem italienischen Temperament viel zu enthusiastisch vor, um einem Schützenbruder etwas anderes zuzutrauen als „Glaube, Sitte, Heimat".

Richard, der Dienstälteste des Teams, war ungleich überlegter und kühler, aber der plötzliche Abbruch des Gespräches mit Wilhelm Dietrich, gerade als er unbeabsichtigt zu erkennen gegeben hatte, dass die Beziehung zu Christina Englert wohl doch nicht so lange zurücklag, wie er sie glauben machen wollte, verwirrte Claudia immer noch. Sie hätte genau an der Stelle eingesetzt, um dem Ober-Schützen weitere Geheimnisse zu entlocken. Jetzt konnte der sich tausend Dinge überlegen, um die Scharte wieder wettzumachen.

Irgendwie kamen ihr ihre beiden Kollegen wie große Jungen vor – etwa so wie ihre beiden Brüder, die zwar älter als sie waren, aber von jeher hatte sie immer das Gefühl, die Älteste von ihnen zu sein. Auch ihr Verhältnis zu ihren Kollegen war ähnlich wie zu ihren Brüdern. Sie mochte sie schrecklich gern, sah in ihnen aber eben nur gute Freunde oder Kumpel. Trotz ihrer Neckereien knisterte nichts zwischen ihnen. Sie glaubte auch nicht, dass Paolo und Richard das anders empfanden.

Und Leo van Kameren? Auch er war begeisterter Schütze, schien das Ganze aber nicht so ernst zu nehmen, sondern betrachtete es eher mit einer wohlwollenden Ironie, die ihm einen gewissen Abstand dazu vermittelte. Aber so recht konnte sie ihn eigentlich nicht einschätzen. Zwischen ihm und ihr war das Verhältnis anders als zwischen ihren Kollegen und ihr. Flirtete er mit ihr – oder verhielt er sich eher wie ein großer Bruder? Sie wusste, dass sie mit ihren kastanienroten Locken, den dunkelblauen Augen und ihrem dunklen Teint für viele Männer sehr attraktiv war. Aber sie war dabei – wie sie manchmal selbst bedauerte – so unromantisch, dass ihr nie auffiel, wenn ein Mann sie verehrte. Oder fand Leo sie einfach nur amüsant? Vielleicht wollte er mit seiner freundlichen Neckerei aber auch nur Vera in ihre Schranken weisen? Dann aber tat er ihr damit wahrscheinlich keinen Gefallen, denn er konnte ihr dadurch auch die Feindschaft Veras verschaffen. Auf jeden Fall war er der Einzige, mit dem sie an diesem Fall arbeitete, der ihr wie ein erwachsener Mann vorkam.

Schon wollte sie ihn anrufen, um mit ihm noch einmal die Befragung am Nachmittag zu reflektieren, da fiel ihr Marlene ein. Marlene, das war die Lösung. Vielleicht wusste sie etwas über den verdächtigen Ober-Schützen, sie kannte schließlich die halbe Stadt und der Schützenvereinschef war ja angeblich auch eine bekannte Persönlichkeit in Neuss. Um nicht vergeblich in die Innenstadt zu fahren, rief sie kurz in der Bäckerei an und hatte auch Glück, denn Marlene war dort. Ihre Freude war unverkennbar, als Claudia ihr Kommen ankündigte.

Zehn Minuten später traf sie in der Bäckerei ein. Marlene wartete schon und zog sie gleich in eine verschwiegene Ecke des Cafés, von der aus man das Geschäft recht gut übersehen konnte, aber nicht unbedingt sofort von den Kunden bemerkt wurde. Marlene nötigte ihr ein Stück Pflaumenkuchen mit Sahne auf und eine große Tasse Kaffee. „Marlene, du wirst noch dafür sorgen, dass ich aufgehe wie einer eurer Hefeteige“

– „Claudia, nun mach mal einen Punkt! Du bist so schlank, ein Stückchen Kuchen wird dich schon nicht zu einem Fettkloß wie mich machen. Außerdem ist das nur ein Angebot, du musst den Kuchen nicht essen!“

– „Das geht ja nun schon gar nicht nicht: Er duftet so lecker, dass ich ihn einfach nicht ablehnen kann. Ich würde mich ja auch sonst um eine ganze Portion Glückshormone bringen!“

– Marlene lächelte stolz: „Der ist ja auch ganz frisch, erst heute Mittag aus dem Ofen gekommen. Aber was führt dich zu mir, du willst doch nicht nur ein Gespräch unter Frauen führen? Hat dich dein Ronald wieder geärgert?“.

– „Das im Grunde genommen auch und eigentlich wollte ich schon längst mit dir darüber sprechen. Ich hatte aber wegen der Mordsache einfach noch keine Zeit bei dir vorbeizukommen. Im Moment geht es mir allerdings vor allem um unseren Fall. Du kennst doch die Verhältnisse hier in Neuss sehr gut und vielleicht kannst du mir ein wenig weiterhelfen. Ich selbst lebe ja erst ein paar Tage in Neuss und habe daher noch gar keinen Einblick in die Verhältnisse hier.“.

– Marlene wurde vor Begeisterung ganz aufgeregt: „Aber sicher. Erzähl mir, was du wissen willst und ich werde sehen, wie ich dir helfen kann“.

Claudia erzählte, dass sie am Nachmittag bei Wilhelm Dietrich gewesen seien und sich dort einige Ungereimtheiten ergeben hätten. In diesem Moment ging die Tür zur Bäckerei auf und Lore Dietrich kam herein. Sie entdeckte die beiden nicht in ihrer verschwiegenen Ecke, sondern ging zur Verkaufstheke und suchte verschiedene Kuchen aus. Es war wie im Theater, wo die Darsteller auf's Stichwort die Bühne betreten. Offenbar erkannte auch Marlene Lore Dietrich, denn sie legte einen Finger auf die Lippen, um Claudia zum Schweigen zu bringen.

Als Lore Dietrich die Bäckerei verlassen hatte, lehnte sich Marlene zurück, zog die Augenbrauen hoch und meinte: „Wenn man vom Teufel spricht .... ! Ja, über die Dietrichs ist hier in Neuss vor einigen Jahren viel gemunkelt worden. Die Schützenbrüder haben es vielleicht vergessen, Männer interessieren sich nicht so sehr für solche Geschichten, deswegen werden die Klatschblätter, die man immer in Wartezimmern von Ärzten findet, auch immer Frauenzeitschriften genannt. Aber ich habe es noch einigermaßen in Erinnerung. Hat sie sich dir als die Frau von Wilhelm Dietrich vorgestellt?"

Claudia bejahte. „Ja, das tut sie immer, aber das ist sie nicht!" triumphierte Marlene, „der Dietrich hat eine Ehefrau, von der er getrennt lebt. Lore ‚Dietrich', oder wie immer sie richtig heißt, ist seine Freundin seit vielen Jahren. Das hat schon zu viel Ärger und Gerede geführt hier im katholischen Neuss. Warum er immer noch verheiratet geblieben ist und sich nicht für eine Heirat mit Lore entschieden hat, weiß niemand. Aber mit der Lore hat er es sicher auch nicht ganz leicht, sie muss wohl manchmal eine echte Giftnudel sein. Sie hat es aber auch mit ihm nicht leicht, denn er ist ja auch nicht ohne. Da hört man immer wieder von Frauengeschichten. Der muss es immer ganz schön toll getrieben haben, vor ihm war keine sicher, die nicht bei drei auf den Bäumen war. Für viele Männer ist er damit der Held! Ich glaube allerdings, die Frauen beeindruckt er vor allem mit seinem Geld und den dicken Autos, denn ein Adonis ist er ja weiß Gott nicht mehr. Manche Frauen sind in der Hinsicht ja ganz schön blöd. Deshalb rastet seine Lore manchmal so lautstark in der Öffentlichkeit aus".

Claudia war jetzt bis in die Fingerspitzen gespannt, das waren ja Neuigkeiten, mit denen sie gar nicht gerechnet hatte. „Wo kann ich denn die richtige Ehefrau von Wilhelm Dietrich finden?"

– „Ja, wenn ich das wüsste, ich glaube aber, ich habe gehört, dass sie irgendwo in der Umgebung von Neuss wohnt."

– „Na, das muss sich ja herausfinden lassen.“

– „Aber mal was anderes, Claudia. Wie läuft es denn jetzt mit deinem abtrünnigen Freund. Seid ihr wieder ein Herz und eine Seele?“

– „Ach, Marlene, ich weiß überhaupt nicht, was mit dem los ist. Natürlich bin ich jetzt stark mit dem Fall hier in Neuss beschäftigt. Und sicherlich ist auch er sehr bei seinem neuen Job eingespannt, aber ist das ein Grund, überhaupt nicht mehr miteinander zu reden?“

– „Wieso redet ihr denn nicht mehr miteinander? Wir Frauen haben doch ein ganz gutes Gefühl dafür, meinst du, da ist etwas anderes? Ich meine eine andere Frau?“

– „Daran habe ich auch schon gedacht, Marlene, aber das kann ich mir nicht vorstellen. Er ist doch erst ein paar Tage in Stuttgart. Aber immerhin ist er ja Stuttgarter, da kann sich natürlich auch schon früher etwas entwickelt haben, von dem ich nichts gemerkt habe, schließlich haben wir eine Wochenend-Beziehung geführt. Es ist doch ein seltsamer Zufall, dass wir beide gleichzeitig einen neuen Job anfangen mussten. Er hat mir ja auch erst im letzten Moment gesagt, dass er wieder nach Stuttgart gehen wird. Da hatten wir erst meine Versetzung nach Neuss gefeiert und dann teilt er mir in dem Moment, als ich nichts mehr rückgängig machen konnte, mit, dass er zurück nach Stuttgart geht, weil er dort einen besseren Job gefunden habe. – Dass mir das nicht früher aufgefallen ist. Aber er hätte doch mit mir reden können, wenn er keine Lust mehr hatte, unsere Beziehung weiter zu führen. Dass er mich – wenn es so ist – nach Neuss lockt, um dann durch seinen Umzug nach Stuttgart unsere Beziehung so nach und nach im Sande verlaufen zu lassen, finde ich völlig idiotisch und auch unfair“.

– Marlene schaute etwas betrübt: „Ach, Claudia, wer weiß schon, was in den Köpfen der Männer vorgeht? Sie denken oft so um die Ecke, dass man das nicht nachvollziehen kann. Und eine Beziehung anständig zu beenden, schaffen nur die wenigsten. Aber das sind ja vielleicht alles Hirngespinste und du verfolgst eine völlig falsche Spur. Versuch' doch einmal ganz vernünftig mit ihm zu reden oder fahr' einfach nach Stuttgart und stell' ihn zur Rede. Am besten ohne Voranmeldung, dann kann er dir nicht ausweichen oder dich vertrösten."

– Claudia dachte nach: „Eigentlich hast du recht. Marlene, wir kennen uns erst so kurz, aber du warst hier für mich vom ersten Tag an ein Fels in der Brandung."

– „Na, Claudia, du kannst immer zu mir kommen, wenn du mich brauchst, das weißt du doch. Außerdem bin ich schrecklich neugierig, was euren Mordfall anbetrifft. Und du brauchst auch keine Angst zu haben, dass irgendjemand etwas erfährt von mir."

Seltsamerweise wusste Claudia, dass sie diese Angst wirklich nicht zu haben brauchte. Manche Frauen genossen das Wissen um Dinge, die andere nicht wussten, wie eine stille Macht. Sie nutzten diese Macht nie aus, alleine das Gefühl, diese Macht zu besitzen, genügte ihnen. Das war vermutlich auch bei der gutherzigen, lebensklugen Marlene so.

Von Marlene fuhr sie direkt wieder nach Hause. Dort angekommen, versuchte sie Ronald anzurufen. Unerwarteter Weise erreichte sie ihn auch sofort. Sie war so erstaunt, dass sie erst einmal gar nichts sagte. Nachdem Ronald zweimal „Hallo" gerufen hatte, meldete sie sich und Ronald schien sich wirklich zu freuen. Er interessierte sich für ihren Mordfall, erzählte von seinem neuen Job und seinen neuen Kollegen, sagte, wie sehr er sie vermisse und war einfach so wie sie ihn kannte. Allerdings kam keine Frage von ihm, wann sie sich das nächste Mal sehen würden.

Als Claudia die Frage anschnitt, wurde er sofort verhalten und meinte, dass sie doch schon darüber gesprochen hätten, dass ein Treffen im Moment für beide ungünstig wäre, da sie beide jetzt in ihrem neuen Job bestehen müssten und dass er nicht sagen könne, wann er sich für ein Wochenende frei machen könne. Er sagte es ganz sachlich, aber Claudia konnte auch kein Bedauern über diese Situation erkennen. Vernünftig betrachtet, hatte er recht, aber sie hätte erwartet, dass er es ihr auf andere Weise nahe bringen würde. Eben, wie gesagt, mit mehr Bedauern und liebevoller. Ihr Gefühl, dass mit ihrer Beziehung irgendetwas nicht stimmen könne, verstärkte sich, nachdem er ihre Bedenken zu Anfang des Gespräches fast eingelullt hatte.

Unverzüglich entschloss sie sich, Marlenes Rat anzunehmen und sobald sich die Gelegenheit ergeben würde, unangekündigt zu ihm zu reisen. Trotzdem beendete sie das Gespräch überlegt friedlich und liebevoll, um ihn nicht vorzuwarnen. Denn nur wenn er nicht vermutete, dass sie an ihm zweifelte, würde sie vielleicht herausfinden können, was von seiner Seite her in ihrer Beziehung nicht in Ordnung ist. Offenbar war er nicht bereit, mit ihr darüber zu sprechen. Aber nach diesem Telefonat war sie nun völlig sicher, dass zwischen ihnen irgendetwas nicht stimmt.

Dieses Gespräch hatte sie so aufgewühlt, dass sie wieder Caro in Tübingen anrief, um sich auch noch mit ihr über Ronald auszutauschen. Caro stimmte ihr zu, dass Ronalds Verhalten merkwürdig sei, aber wieder versuchte sie auch, Claudia gegenüber seine Position zu vertreten und warnte sie dringend vor einer Vorverurteilung. Aber die Idee, Ronald mit einem Besuch zu überraschen gefiel ihr. Schließlich waren Stuttgart und Tübingen nicht sehr weit auseinander gelegen, so dass Claudia dann auch bestimmt einen Besuch zu Hause einplanen würde. Und daran lag ihr ganz besonders, weil Claudia wie ihr eigenes Kind war und sie sie schon nach der kurzen Zeit, die sie jetzt in Neuss war, schmerzlich vermisste.

13. Einladung auf die Tribüne

Am nächsten Morgen war Claudia schon vor 8 Uhr im Büro, um erst einmal ihr Gespräch mit Marlene in Stichworten zu notieren und ebenso ihren Bericht vom Gespräch mit dem Ober-Schützen Wilhelm Dietrich. Aber sie war nicht die erste, sondern Paolo war schon vor ihr dort. Offensichtlich hatte er über das Gespräch bereits mit Richard ausführlich gesprochen, denn er war sehr gut im Bilde und wollte jetzt auch noch von Claudia über ihre Eindrücke informiert werden. Claudia war erstaunt, dass er nicht alle Ungereimtheiten dieses Gesprächs herunterzuspielen versuchte, sondern ganz im Gegenteil war er jetzt ganz und gar der Meinung, dass sie hier die Spur gefunden hatten, die sie weiter bringen werde. Auch er war der Ansicht, dass Wilhelm Dietrichs Beziehung zu Christine Englert nicht vor 20 Jahren geendet hatte, sondern weiterhin bis in die jüngste Vergangenheit bestanden haben musste. Als Claudia ihm von ihrem Gespräch mit Marlene Schneider erzählte und die verworrenen Familienbeziehungen, die offensichtlich bei ihm herrschten, war er höchst interessiert und setzte sich sofort hin, um den Wohnsitz der Ehefrau von Wilhelm Dietrich zu ermitteln. Offenbar hatte sie ihn und seine Unvoreingenommenheit gegenüber einem Schützenkollegen doch falsch eingeschätzt oder er machte sich jetzt nur so eifrig daran, um die Ehre eines Schützenbruders rein zu waschen. Aber das glaubte sie eigentlich nicht. Der Polizist stand wohl doch noch über dem Schützenbruder.

Sie hatten eine ganze Weile die Ereignisse des Vortages erörtert, Richard war inzwischen auch eingetroffen, als es an der Tür klopfte und herein kam eine muntere kleine Frau mittleren Alters. „Guten Morgen, Frau Karmug", begrüßten Paolo und Richard sie freundlich.

– „Guten Morgen, meine Herrn und da sehe ich ja schon den Grund meines heutigen Besuchs", meinte sie und ging mit ausgestreckter Hand auf Claudia zu. „Ich bin Frau Karmug“, sagte sie überflüssigerweise, „und Sie sind sicherlich Frau Pflumm.“

– „Richtig“, lächelte Claudia, „ich bin sozusagen die Neue im Team.“

– „Herzliche willkommen in Neuss und ich hoffe, dass Sie sich hier sehr wohlfühlen werden. Mein Mann hält ja große Stücke auf Sie“.

– ‚Auf mich?’ dachte Claudia, ‚er kennt mich doch kaum!’ Aber bevor sie etwas erwidern konnte, sprach Frau Karmug schon weiter: „Und da er mir erzählt hat, dass Sie durch den Mordfall kaum eine Möglichkeit hatten, sich hier einzuleben und Ihre neue Heimat kennenzulernen, habe ich mir überlegt, dass Sie am Schützenfestsonntag die Parade mit mir auf der Tribüne erleben müssen. Dann bekommen Sie das hier so wichtige Brauchtum gleich ganz nah mit.“

Claudia hatte es kommen sehen und versuchte freundlich, diese Einladung noch abzuwehren: „Frau Karmug, das ist ja ganz reizend von Ihnen, aber eigentlich hatte ich vor, die Tage zu nutzen, um nach Hause zu fahren. Ich habe dort auch noch einiges zu erledigen.“

– „Aber nein, meine Liebe, das können sie doch an einem anderen Wochenende machen. Am Schützenfestsonntag müssen Sie unbedingt mit dabei sein. Meine Freundinnen und ich freuen uns schon sehr auf Sie. Vorher gibt es bei uns noch ein gutes Frühstück, und dann gehen wir gemeinsam in die Stadt, um die Parade anzusehen. Können Sie nicht am nächsten Wochenende nach Hause fahren?“

– „Ich glaube, dass das wegen unserem Mordfall kaum möglich sein wird“, Claudia legte ein großes Bedauern in ihre Stimme, um Frau Karmug zu überzeugen. Parade mit Frau Karmug und ihren Freundinnen auf der Tribüne, eine grausige Vorstellung.

– „Aber natürlich ist das möglich“, widersprach ihr Chefgattin, „ich werde sofort mit meinem Mann sprechen, der macht es möglich. Es ist ganz ausgeschlossen, dass Sie die Parade versäumen. Also das geht in Ordnung. Ich sage Ihnen noch genauer Bescheid, wann Sie bei uns erwartet werden!“

Schon drehte sie sich energisch um und war bevor die entsetzte Claudia sich noch einmal zur Wehr setzen konnte zur Türe hinaus. Wenige Minuten später kam Rainer Karmug herein und sagte wohlwollend zu Claudia: „Meine Liebe, Sie brauchen keine Angst zu haben, unsere Parade werden Sie nicht verpassen müssen. Natürlich können Sie das nächste Wochenende frei bekommen, um Ihre Angelegenheiten in Tübingen zu regeln. Meine Frau freut sich sehr, dass Sie mit zur Parade kommen wollen“.

Claudia bedankte sich ermattet und der Chef verließ hochzufrieden ihr Büro. „Kein Wort von euch“, warnte Claudia die Kollegen, die wie die Zuschauer im Theater zurückgelehnt auf ihren Stühlen saßen und die Szene genossen, „sonst breche ich hier schreiend zusammen!“

– „Für die Wiederbelebung stelle ich mich gerne zur Verfügung,“ konnte sich Paolo nicht verkneifen zu sagen.

– „Ein schreiendes und strampelndes Wutbündel belebt man nicht wieder, sondern lässt sie von den starken weißgekleideten Männern aus der Alexianer Heil- und Pflegeanstalt abholen!“ berichtigte ihn Richard und zu Claudia gewandt erklärend: „Unsere Nervenheilanstalt“.

– Claudia zwang sich zu einem Lächeln: „Vermutlich müsst ihr die Männer nach eurer Parade holen: Stundenlang mit enthusiastischen Schützenfrauen zusammen gepfercht zu sein, die alberne Männer mit komischen Hüten beim Stechschritt zujubeln, das müsste eigentlich jeden vernünftigen Menschen reif für die Nervenheilanstalt machen!“

– „Wart's ab, Claudia, wir sind bester Hoffnung, dass du uns voller Stolz ebenfalls bejubeln und einem von uns hinterher einen Heiratsantrag machen wirst! Aber ich rate dir, nimm mich, denn Paolo ist zu unseriös.“

– „Ich bin keineswegs unseriös!“ schnaubte Paolo, „ich glaube in dir einen Ausländerfeind zu erkennen: Italiener und Dolce

Vita! Claudia, du solltest mich nehmen, bei mir bekommst du immer gut zu essen und mein Vater und meine Schwester werden jede Nebenbuhlerin um meine Gunst so energisch aus dem Feld schlagen, dass sie sich niemals wieder zurücktraut!"

Nun fing Claudia endgültig schallend an zu lachen: „Na, ich danke, wenn du mir jetzt schon mit Nebenbuhlerinnen drohst und Richard mich mit nichts anderem als seiner angeblichen Seriosität locken kann, dann lasse ich doch lieber die Finger von euch beiden!"

– „Claudia, du stürzt uns beide in schreckliche Depressionen. Ein Glück, dass das Schützenfest noch vor uns liegt, da haben wir doch etwas, das uns noch trösten kann. Aber wenn du uns alle beide nicht willst, dann schenken wir dir Leo van Kameren. Es wird sowieso Zeit, dass er seriös wird und unter die Haube kommt."

– „Wer soll unter die Haube?" fragte Vera, die unbemerkt von ihnen hereingekommen war, schrill.

– „Keiner soll unter die Haube", lachte Claudia schnell, „aber eine Zwangsjacke von den starken Männern aus dem Alexianer-Krankenhaus könnte für die Beiden hier in absehbarer Zeit die einzige Möglichkeit sein, wieder zur Vernunft zu kommen."

– „Da wollten wir dir mit Leo den begehrtesten Junggesellen hier schenken, und das ist der Dank", ulkte Richard mit Grabesstimme.

Vera schaute immer noch starr in die Runde und meinte zu Claudia: „Du willst tatsächlich die hübscheste Abteilung des ganzen Kommissariats in die Nervenheilanstalt stecken? Alle beneiden dich doch um die Zusammenarbeit mit den beiden attraktiven Jungs hier".

Claudia betrachtete ihre beiden Kollegen mit gespielter Nachdenklichkeit. „Du hast recht, Vera, hässlich sind sie wirklich nicht und wenn du sie willst, schenke ich sie dir – jedenfalls so lange, bis sie wieder vernünftig geworden sind".

Vera fand das aber nicht ganz so komisch, wie die anderen und kam auf den Grund ihres Besuches zurück: „Ich bin aber nicht hier, um mir euren Blödsinn anzuhören. Wann wird bei euch eigentlich gearbeitet? Hört mal zu: Wir haben bei der Leiche Anhaftungen von mindestens zwei weiteren unbekannten Personen gefunden. Die werden jetzt noch untersucht. Ihr könnt schon einmal von eventuellen Kontaktpersonen von Christina Englert Speichel-Proben nehmen."

– „Das ist ja großartig", wurden die drei sofort wieder ernst, „Vera, du bist absolute Spitze."

– „Na, nun übertreibt mal nicht gleich so schrecklich", wehrte Vera mit gespielter Bescheidenheit ab und wandte sich an Claudia: „Kommst du mit zum Mittagessen in die Kantine, ich lade dich ein", und an Paolo und Richard gerichtet, „dass das ganz klar ist, ihr könnt alleine essen gehen: Frauengespräche!"

– „Oh je", meinte Paolo, „müssen da unsere Unzulänglichkeiten herhalten oder die nahenden Wechseljahre?"

– „Ihr schätzt unser Interesse an euch ein wenig zu hoch ein und den Rest will ich überhört haben!" Doch die Wechseljahre nagten scheinbar doch an ihr und so fuhr sie nach einer kurzen Pause fort: „Aber vielleicht wären ein paar Biologiestunden für euch ganz sinnvoll, dann wüsstet ihr nämlich, in welchem Alter man mit den Wechseljahren rechnen muss. Und macht euch keine falschen Hoffnungen, die sind nicht auf uns Frauen beschränkt!" Vera war nun richtig empört, warf den Kopf bühnenreif in den Nacken und stapfte gefolgt von Claudia zur Tür hinaus.

In der Kantine schimpfte sie immer noch auf die beiden Kollegen und warnte Claudia, sich mit einem von ihnen einzulassen, die beiden seien ja noch völlig unreif, uncharmant, egoistisch und … und … und …!

Als sie sich endlich einem anderen Thema zuwandte, war es ausgerechnet Claudias Privatleben. Sehr ausgiebig fragte sie Claudia nach ihrem Freund aus, ob sie glücklich mit ihm sei, was er beruflich mache und wieso sie und ihr Freund denn jetzt wieder eine Fernbeziehung führten.

Claudia gingen diese Fragen ein wenig zu weit, denn sie hatte das Gefühl, dass Vera vor allem wissen wollte, ob die Gefahr bestünde, dass Claudia sich auch für andere Männer, besonders natürlich für Leo van Kameren, interessieren könnte. Daher ging sie auf Veras Fragen nur ausweichend ein, erzählte ihr aber von Frau Karmugs Einladung für Schützenfestsonntag und dass sie bei ihrem Mann bewirkt habe, dass Claudia am nächsten Wochenende nach Stuttgart fahren dürfe. Veras Reaktion auf diese Eröffnung war aber keineswegs so erfreut, wie Claudia zu ihrer Verwirrung bemerkte, sondern eher beleidigt.

Sie sei noch nie von der Neusser Haute Volée auf die Tribüne eingeladen worden, das habe Claudia sicherlich nur ihrer Herkunft zu verdanken, schließlich sei ihr Vater ja ein berühmter Rechtswissenschaftler.

Claudia lavierte sich vorsichtig durch die Gesprächsthemen beim Mittagessen, immer auf der Hut, nichts zu sagen, was Vera wieder beleidigen könnte. Sie fand es schrecklich anstrengend mit Vera zu reden und war froh, als sie es hinter sich gebracht hatte, ohne noch einmal unbeabsichtigt in ein Fettnäpfchen getreten zu sein.

Im Büro war sie alleine, da sich ihre Kollegen direkt auf den Weg begeben hatten, um Speichelproben bei den bisherigen Verdächtigen zu entnehmen. Allerdings vergeblich, wie sich dann herausstellte, da sie die Verdächtigen nicht zu Hause antrafen.

Als Claudia sich die Informationen noch einmal durch den Kopf gehen ließ, die sie bisher zusammengetragen hatten, fiel ihr wieder der Anrufer ein, der auf den ersten Aufruf an die Bevölkerung Angaben zu der ermordeten Frau zu machen, reagiert und angegeben hatte, dass er die Ermordete mit einem sehr korpulenten Mann aus einem Hotel kommend gesehen habe. ‚Sehr korpulent' schien ja nun auf den Oberschützen Dietrich hinzuweisen. Sofort suchte sie die Unterlagen heraus und war hocherfreut, als sie feststellte, dass der Anrufer nicht zu den anonymen Informanten gehörte. Es handelte sich um einen Adolf Kamczyk, der am Rande von Neuss wohnte. Da keiner der Kollegen anwesend war, mit dem sie Adolf Kamczyk hätte aufsuchen können, rief sie erst einmal bei ihm an, erreichte aber nur den Anrufbeantworter, und verschob daher die Befragung auf später.

Da sie hier momentan nicht weiterkam, entschloss sie sich, das schöne Wetter auszunutzen und fuhr mit dem Fahrrad in Richtung Stadt, um auf dem Markt in einem der kleinen Bistros noch einen Cappuccino in der Sonne zu trinken, dabei etwas Italien-Feeling zu genießen und den Fall und die bisherigen Erkenntnisse in Ruhe Revue passieren zu lassen. Häufig war es hilfreich, in einer anderen Umgebung fern vom Büroschreibtisch noch einmal alles zu rekapitulieren und oft waren ihr dabei Zusammenhänge klar geworden, auf die sie vorher nicht gestoßen war. Da sie auf diesem Weg auch wieder an der Verlängerung der Promenadenstraße vorbeikam, an der sich der Blutturm befindet, machte sie noch einen kurzen Stopp dort, um sich noch einmal den Tatort anzusehen. In der milden Spätsommersonne sah der Platz so friedlich aus, dass man kaum glauben konnte, dass hier vor wenigen Tagen ein Mord passiert war. Eigentlich hätte sie auf dem Spielplatz Mütter mit kleinen Kindern erwartet, aber der Platz lag auch an diesem Tag völlig verlassen da.

Eine ältere Frau parkte gerade ihr Auto und sprach sie, als sie wieder um den Blutturm zurück auf die Straße kam, beim Aussteigen an: „Dat ham se jut hinjekreit!“ Claudia blickte sie reichlich verständnislos an: „Jo, dat met dem Blutturm!“

– „Was meinen Sie?“ fragte Claudia.

– Sofort wechselte die Frau in eine für Claudia einigermaßen verständliche Sprache: „Ich meine nur, dat se den Blutturm jut restauriert ham! – Se sind wohl nicht von hier?“ Als Claudia verneinte, fuhr sie noch hochdeutscher fort: „Wir ham hier ja ’nen Mord gehabt. Da hat eine Frau die andere erwürgt!“

– Claudia wurde aufmerksam: „Woher wissen sie denn, dass es zwei Frauen waren?“

– „Ich wohne doch hier und da haben zwei Frauen gestritten, das habe ich genau gehört, weil ich am Fenster stand“, erklärte die Frau jetzt in sehr verständlichem Hochdeutsch mit stolzgeschwellter Brust, so nahe am Geschehen gewesen zu sein.

– „Haben sie das nicht der Polizei erzählt?“ fragte Claudia gespannt.

– „Nein, ich will doch nicht hineingezogen werden und ich weiß ja auch nicht, ob es etwas damit zu tun hatte. – Außerdem wollte ich doch abwarten, ob eine Belohnung ausgesetzt wird!“ erläuterte die Frau mit schlauem Blick.

– Claudia begann zu schmunzeln: „Jetzt ist es aber geschehen, denn ich bin von der Polizei!“

– Die Frau grinste etwas schuldbewusst zurück: „Ach, macht nichts, für eine Belohnung hätte es vielleicht auch nicht gereicht, so wenig wie ich mitbekommen habe. Ich konnte den Platz, wo der Mord geschehen ist, ja von meinem Fenster aus auch nicht direkt sehen, weil der Blutturm dazwischen ist, aber ich habe gegen 19 Uhr zwei Frauen heftig diskutieren hören, aber nur kurze Zeit und dann war es plötzlich wieder ganz still. Dann bin ich aber auch weg vom Fenster“.

Claudia schrieb sich die Daten der Frau auf und bat sie, am nächsten Tag ins Polizeipräsidium zu kommen, um dort ihre Aussage zu Protokoll zu geben und versprach der Frau auch, dass das mit einer Belohnung – falls eine ausgesetzt werden sollte – in Ordnung ginge, falls ihre Aussage zur Aufklärung des Mordes beitragen würde. Hoch befriedigt verabschiedete sich die Frau.

Claudia fuhr weiter zum Markt und suchte sich hier einen sonnigen Platz in einem der kleinen Bistros. Die Aussage der Frau am Blutturm beschäftigte sie sehr. Wenn die Frau wirklich die Mörderin und ihr Opfer gehört haben sollte, wäre Wilhelm Dietrich aus dem Schneider – eigentlich hatte sie ihn schon als Hauptverdächtigen gesehen, aber dann wäre vielleicht die Lebensgefährtin vom Ober-Schützen Lore ‚Dietrich‘, deren richtigen Nachnamen sie noch nicht kannte, eine Kandidatin für den engeren Kreis der Verdächtigen. Sie schien sehr eifersüchtig über ihren Schützenchef zu wachen und war Claudia auch nicht besonders sympathisch. Amüsiert dachte Claudia selbstkritisch, dass es auch Polizisten gut gefällt, wenn ihnen unsympathische Menschen sich als Bösewichte herausstellen.

Die überraschende Aussage der Frau entsprach auch der Aussage des Jungen zu Anfang der Ermittlungen, der sich nur nicht genau festlegen wollte, ob es sich um zwei Frauen oder einen Mann und eine Frau gehandelt habe.

Claudia gratulierte sich gerade herzlich zu ihrer Eingebung, noch einmal zum Tatort am Blutturm gefahren zu sein, als sie überschwänglich begrüßt wurde: Frau Karmug, beladen mit Tüten und Taschen des vornehmsten Modehauses am Platz, stand vor ihr und fragte sie, ob sie für einen Kaffee bei ihr Platz nehmen könne. Claudia war enttäuscht, so abrupt aus ihren Überlegungen herausgerissen zu werden, aber sie bot der Frau ihres Chefs höflich einen Platz an. Eigentlich hätte sie trotz ihrer Tischnachbarin in Ruhe ihre Gedanken weiterspinnen können, denn Frau Karmug redete ununterbrochen von ihren Einkäufen (…man braucht doch etwas Neues, Modisches für Schützenfestsonntag…), von Schützenfest (…hoffentlich ist das Wetter dann auch so schön…) und ihrem Mann (…er ist ja immer so engagiert in seinem Beruf, auch wenn er daneben noch so viele gesellschaftliche Verpflichtungen hat…), dass ein Gesprächsbeitrag von ihr – außer beeindrucktem und zustimmendem Nicken – völlig überflüssig schien. Aber sie konnte sich nicht mehr konzentrieren. Frau Karmug war – ebenso wie ihr Mann – sehr um gesellschaftliches Ansehen bemüht und von ihrer Wichtigkeit überzeugt. Claudia war wider Willen respektlos amüsiert über die Selbstdarstellung der Chefgattin und dachte schon darüber nach, wie sie diese Szene den Kollegen beschreiben würde.

Andererseits stöhnte sie innerlich, als sie daran dachte, wie sie die Stunden auf der Tribüne mit der redseligen Chefgattin und ihren Freundinnen überstehen könne, ohne sich sinnlos zu betrinken. Frauen, die ihre gesellschaftliche Stellung auf die Position ihres Mannes gründeten, ohne eigene Leistungen zu vollbringen, waren ihr fremd, aber sie kam immer wieder mit ihnen zusammen und wusste dann nicht, wie sie sich ihnen gegenüber richtig verhalten sollte. Schließlich handelte es sich bei diesen zumeist um Frauen einer anderen Generation und gerechterweise musste sie zugeben, dass die gesellschaftlichen Gepflogenheiten in dieser Zeit andere gewesen waren als heutzutage. Damals arbeiteten die verheirateten Frauen eben nicht und schon gar nicht, wenn sie Kinder hatten. Und darüber konnte sie sich als jüngere Generation nicht mokieren. Trotzdem fiel es ihr schwer, mit Frauen wie Frau Karmug umzugehen und sie war froh, als diese sich, nachdem sie sie für die Dauer eines Kaffees mit einem Schwall von Gemeinplätzen überschüttet hatte, von ihr verabschiedete.

Auch Claudia zahlte anschließend ihren Cappuccino und fuhr nach Hause, da sie noch eine Reisetasche packen wollte, um damit am nächsten Tag keine Zeit zu verschwenden, denn sie wollte direkt vom Büro aus nach Stuttgart fahren. Ihre Kollegen hatte sie über die neuen Entwicklungen informiert und die Zeugin war erstaunlicherweise bereits in der Kreispolizeidienststelle erschienen, um ihre Aussage zu machen.

14. Stuttgarter Desaster

Es war Sonntag als Claudia sich von Tübingen wieder auf den Weg nach Neuss begab. Die Autobahn war überfüllt und es würde eine lange Fahrt werden. Aber so hatte sie Zeit genug, um über die neuesten Entwicklungen in ihrem Leben nachzudenken. Ihre Gefühle schlugen immer noch Kapriolen, wenn sie darüber nachdachte. Das Wochenende hatte ihr gefühlsmäßig die größte Niederlage ihres Lebens beschert. Sie wusste nicht genau, ob sie eher wütend auf sich selbst war, oder traurig, weil ihr Lebensplan so grandios gescheitert war, wie sie es sich nie hatte vorstellen können.

Alle ihre Zweifel hatten sich als richtig herausgestellt, denn als sie überraschend nach Stuttgart gekommen war, musste sie feststellen, dass Ronald nicht nur seit vielen Jahren eine andere Lebensgefährtin hatte, eine Studienkollegin von ihm, mit der er früher schon einmal und jetzt wieder zusammenlebte, sondern dass er auch keineswegs in der Firma arbeitete, die er ihr genannt hatte, sondern mit dieser Lebensgefährtin eine Rechtsanwaltspraxis gegründet hatte. Nicht diese Frau war seine Zweitfrau, sondern sie selbst. Als sie bei ihm klingelte und unversehens vor dieser Frau stand, waren ihr die Zusammenhänge sofort klar. Zudem war diese Frau optisch auch noch alles, was Claudia nicht war. Groß, lange Beine, schwarze lange Locken und auffällig elegant gekleidet. Kühl hatte sie Claudia begrüßt und hereingebeten. Sie hatte offensichtlich ebenso wenig Ahnung von Claudias Existenz, wie Claudia von der ihren, blieb aber sehr beherrscht und überlegen. Claudia fühlte sich ihr gegenüber wie ein kleines Nichts. Schon nach wenigen Minuten verließ sie die hochmoderne, mit Designermöbeln ausgestattete Penthousewohnung wieder, ohne Ronald gesehen zu haben und überließ es der anderen Frau, Ronald eine Szene zu machen.

Heulend fuhr sie nach Tübingen, um sich zu Hause trösten zu lassen. Ihre Brüder und besonders ihr Vater waren ihr keine große Hilfe gewesen. Natürlich waren sie sehr liebevoll ihr gegenüber, aber sie ließen auch keinen Zweifel darüber aufkommen, dass sie froh waren, dass Ronald aus ihrem Leben verschwunden war. Zudem spürte sie auch deutlich deren unterschwelligen Triumph, der ihr Mitleid bei weitem überwog: Sie hätten ja schon immer gewusst, dass Ronald nicht ehrlich sei, sondern ein richtiger Windhund! Wenigstens Caro litt uneingeschränkt mit ihr, wenn sie zwischen extremer Trauer und selbstzerfleischender Wut auf sich oder auf Ronald und auf die Welt im Allgemeinen hin- und her schwankte.

Immer wieder versuchte sie sich vorzustellen, was Ronald sich dabei gedacht haben könnte, wie er sich das Leben weiter vorgestellt hatte und warum er sie überhaupt hatte nach Neuss kommen lassen. Wollte er sein Doppelleben auf diese Art und Weise retten? Denn wäre sie in Tübingen geblieben, wäre ein Doppelleben doch unmöglich, oder auf jeden Fall sehr schwierig geworden. Aber auch so hätte es wohl kaum lange verborgen bleiben können, denn schließlich kam sie aus einer Juristenfamilie, der eine neue Rechtsanwaltspraxis in Stuttgart nicht lange unbekannt geblieben wäre. Vermutlich hatte er sich gar nichts gedacht und das fand sie am unfairsten. Er hatte radikal in ihr Leben eingegriffen, um sein Leben so unkompliziert wie möglich zu gestalten. Sie konnte nur hoffen, dass seine Lebensgefährtin ihm das Leben zur Hölle machen werde, denn sie selbst wollte nichts mehr mit ihm zu tun haben. Zweimal hatte er an diesem Wochenende versucht, sie auf dem Handy zu erreichen, aber sie hatte ihn sofort weggedrückt. Nie wieder wollte sie auch nur ein Wort mit ihm reden. Und mit ihrem Leben und den Veränderungen, die sie ohne ihn niemals in die Wege geleitet hätte, musste sie sich jetzt irgendwie arrangieren. Glücklicherweise war diese neue Lebenssituation durch ihre neuen Kollegen mit ihrer unkomplizierten rheinischen Art einigermaßen erträglich. Aber es war ihr doch sehr schwer geworden, Tübingen und ihre

Familie wieder zu verlassen, um in das 450 km entfernte Neuss zurückzufahren.

Jetzt war sie schon seit zwei Stunden unterwegs und ununterbrochen rekapitulierte sie in Gedanken die Ereignisse des Wochenendes mit allen Folgen. Wieder und wieder stieg auch eine heillose Wut in ihr auf. Auf einmal konnte sie sich vorstellen, dass man im Affekt zum Mörder werden konnte.

Die kühle Reserviertheit der anderen Frau blieb ihr völlig unverständlich, denn dass auch diese keine Ahnung von ihrer Existenz gehabt hatte, war offensichtlich gewesen. Aber entweder fühlte sie sich als Siegerin bei Ronald oder sie war tatsächlich so emotionslos, dass ihr Claudias Existenz gleichgültig war. Hätte sie Claudia beschimpft, sie hinausgeworfen oder wenigstens Näheres wissen wollen über Claudias Beziehung zu Ronald, wäre das für Claudia eine verständliche Reaktion gewesen. Aber nichts dergleichen: Sie hatte sie höflich gefragt, ob sie auf Ronald warten wolle, der bald nach Hause kommen müsse und ob sie ihr etwas zu trinken anbieten könne. Claudia erschien solche Kühle völlig unnatürlich und so hatte sie sich einigermaßen fassungslos verabschiedet mit den Worten, dass sie Ronald ausrichten könne, er solle sich niemals wieder bei ihr melden. Die Frau erklärte sich dazu gerne bereit und verabschiedete sich unverändert höflich und reserviert.

Zumindest gönnte sie Ronald ein Leben mit solch einer wunderschönen, eiskalten Schaufensterpuppe. Es würde sicherlich ein emotional sehr armes Leben werden, das Ronald, der sehr emotional sein konnte, bestimmt dauerhaft nicht sehr behagen würde. Offenbar aber hatte die Frau sehr viel Geld, denn ihre Wohnung, in die jetzt Ronald eingezogen war, hatte überaus teuer gewirkt, – ebenso wie das Outfit der Frau. Ronald kam selbst aus recht bescheidenen Verhältnissen und der Wunsch, in höhere Gesellschaftsschichten aufzusteigen, war ihm immer anzumerken gewesen.

Erneut ermahnte sie sich, doch endlich ihre Gedanken auf andere Themen zu richten, aber dazu waren die Ereignisse noch zu frisch. Dann allerdings kamen ihr wieder Wilhelm Dietrich und der Mordfall in den Kopf. Auch dieser war ja offensichtlich jemand, der ständig mehrere Frauen haben musste, was sie ihm im Moment persönlich verübelte und es eigentlich gerechter gefunden hätte, wenn ihn jemand ermordet hätte und nicht eine seiner ehemaligen oder sogar noch aktuellen Geliebten. Auch seine nicht mehr in Neuss lebende Ehefrau kam ihr in den Sinn. Am liebsten würde sie sofort zu ihr fahren, um sie zu befragen. Sie würde gerne wissen, ob sie auch eine so kalte Person war wie die Lebensgefährtin von Ronald? Jetzt fiel ihr zum ersten Mal auf, dass sie keine Ahnung hatte, wie diese gestylte Superfrau überhaupt hieß, obwohl sie doch deren Namen am Türschild gesehen haben musste. Aber das spielte jetzt auch schon keine Rolle mehr.

Trotzdem ließ sie der Gedanke nicht los, auf dem Rückweg die Ehefrau des Wilhelm Dietrich aufzusuchen. Zuerst wollte sie die Kollegen anrufen, um deren Adresse herauszufinden, die Paolo ermittelt hatte, aber dann unterließ sie es vorsichtshalber. Denn die Kollegen hätten ihr diesen Plan mit Sicherheit ausgeredet, weil eine Befragung ohne einen zweiten Kollegen als Zeugen nicht so effektiv und außerdem als Zeugenaussage nicht verwertbar sei. Es war wohl auch eher ihr persönliches Desaster, das sie dazu drängte, noch an diesem Tag die Ehefrau des dicken Ober-Schützenbruders aufzusuchen.

Irgendwie musste die Anschrift der Ehefrau auch ohne Hilfe der Kollegen herauszufinden sein. Vielleicht konnte ihr Handy, eines der letzten Geschenke von Ronald – das sie ihm vermutlich vor die Füße geworfen hätte, wäre sie ihm noch einmal begegnet – und das mit allen nur möglichen Funktionen unter anderem Internet ausgestattet war, dabei von Nutzen sein.

Sie fuhr auf die nächste Raststätte an der Autobahn und begann ihre Recherchen. Zunächst blieben die ohne Erfolg. Der Name Dietrich war ja auch nicht so ungewöhnlich und da ihr der Vorname von Wilhelm Dietrichs Angetrauter nicht bekannt war, glaubte sie schon bald, dass ihr Unterfangen sinnlos sei. Aber einen letzten Versuch erlaubte sie sich noch, suchte aber jetzt unter dem Name Wilhelm Dietrich. Schließlich gab es eine vage Chance, dass die Ehefrau noch unter seinem Namen im Telefonbuch zu finden sein könnte. Und hier wurde sie tatsächlich fündig. Es gab an dem von ihr vermuteten Wohnort den Eintrag eines Wilhelm Dietrich und da seine Berufsbezeichnung auch bei seinem Namen angegeben war, war sie hoffentlich an die richtige Adresse geraten. Claudia rief die Nummer sogleich an, erreichte aber nur einen Anrufbeantworter, dessen Ansage nicht sehr aufschlussreich war. Trotzdem hinterließ sie eine Nachricht und kündigte ihr Kommen für diesen Nachmittag an. Das war zwar ein Versuch ins ‚Blaue' hinein, aber sie wollte unbedingt die Chance wahrnehmen, die Ehefrau noch auf ihrem Rückweg nach Neuss zu treffen.

15. Begegnung mit der Ehefrau

Claudia stand von der Tür eines Dreifamilienhauses. Als sie klingelte, wurde ihr sofort geöffnet. Sie war gespannt auf die angetraute Ehefrau des Wilhelm Dietrich. Sie hatte sich eine Vorstellung gemacht von einer älteren rundlichen Frau mit ergrauten Ringellöckchen. Vor ihr stand eine schlanke, nicht allzu große Frau mit langen blonden Haaren und mit einem auffallend bunten Kostüm bekleidet, die sie mit einem freundlichen Lächeln begrüßte.

– „Haben Sie auf meinen Anrufbeantworter gesprochen?" Als Claudia das bestätigte, fuhr sie munter fort: „Immer herein spaziert in die Höhle des Grauens, ich bin selbst gerade nach Hause zurückgekommen und habe daher noch nichts aufräumen können. – Vorsicht, hier steht noch der Putzeimer von gestern, aber den räume ich wenigstens schnell weg, das ist ja sonst zu peinlich!" Sie grinste aufgeräumt und schob den Eimer hinter die Küchentür. „Was möchten Sie trinken? Tee, Kaffee, Wasser, Saft – ach nein, Saft habe ich nicht hier, ich mag keine gesüßten Getränke und meine letzten Besucher haben alles vernichtet!"

Von diesem Schwall Beredsamkeit überschüttet, konnte sie erst einmal nur kurz einschieben: „Guten Tag, ich bin Claudia Pflumm von der Polizei in Neuss!"

– „Ach, von der Polizei – und ich nahm an, dass Sie vom Finanzamt sind. Aber kommen Sie doch erst einmal herein und ich mache uns etwas zu trinken."

Claudia betrat ein gemütlich eingerichtetes Wohnzimmer mit einer Mischung aus antiken und modernen Möbeln, dekoriert mit vielen asiatischen Elementen. Sie schaute sich um und fragte, „Sie haben eine gute Beziehung zu Asien?"

– „Ja, ich reise regelmäßig nach Asien, ich bin die Tochter eines Orientalisten und habe früher Asienwissenschaften studiert, aber mein Studium leider nicht beenden können, weil ich früh geheiratet habe und dann andauernd schwanger war."

– „Schwanger, haben Sie Kinder?"

– „Nein, das nicht, ich habe alle durch Fehlgeburten verloren."

Ach du liebe Zeit, Claudia befürchtete, dass sich ihr Gespräch jetzt in eine verkehrte Richtung bewegen könnte und sie zum Seelendoktor für eine verlassenen Ehefrau und verhinderte Mutter werden könnte. Aber da tönte es schon fröhlich aus der Küche, wo Amelie Wasser für den Tee aufsetzte: „Im Nachhinein gesehen, war das vielleicht die beste Lösung, ich wäre ja todunglücklich geworden, wenn ich nur wegen diverser Kinder mit Wilhelm zusammengeblieben wäre – oder besser er mit mir!"

Sie kam wieder ins Wohnzimmer, stellte zwei Tassen auf den Tisch und fragte: „Welchen Tee möchten Sie? Darjeeling, Ceylon, grünen Tee, ich habe alle möglichen Teesorten hier und zum Teil selbst aus den jeweiligen Anbaugebieten mitgebracht."

Claudia wählte grünen Tee und als der fertig war, fragte Amelie Dietrich: „Womit kann ich Ihnen denn helfen? Über meine Reisen wollten Sie doch bestimmt nicht mit mir reden? Aber lassen Sie uns doch lieber auf die Terrasse nach draußen gehen, dort ist es ja viel schöner."

Also zogen sie mit ihren Tassen auf die große, aus dem Dach ausgeschnittene Terrasse um, die mit ihrem Blütenmeer wirklich eine Pracht war. „Nein, das würde mich zwar schon sehr interessieren", begann Claudia, „weil ich selbst gerne in Asien unterwegs bin, aber im Moment führt mich ein Mordfall in Neuss hierher, in den Ihr Ex-Mann oder eigentlich besser Immernoch-Mann verwickelt sein könnte und ich möchte etwas über Ihren Wilhelm Dietrich und auch seine Lebensumstände erfahren. – Aber noch etwas anderes, wieso dachten Sie, dass ich vom Finanzamt komme?"

– „Eher Steuerfahndung, die hatte ich vor ungefähr 4 Jahren auch schon hier, zwei nette junge Männer, die recht verstört waren über unsere Lebensphilosophie und dass ich nicht als Ehefrau wie der Teufel über meinen Mann herzog!"

– „Und wie ist diese Lebensphilosophie?“

– Amelie überlegte und antwortete zögernd: „Na ja, wir leben zwar schon seit einigen Jahren in verschiedenen Wohnungen, aber wir pflegen noch sehr engen Kontakt. Er kommt regelmäßig hierher, ich koche für ihn seine Lieblingsgerichte und wenn er Probleme hat, heult er sich sowieso bei mir aus oder sucht Rat. Er behauptet immer, dass er in Neuss selbst sehen muss, wo er etwas zum Essen herbekomme und säuselt mir regelmäßig von seiner großen Liebe zu mir vor. – Aber warum interessieren Sie sich für meinen Mann? Und was soll er mit einem Mordfall zu tun haben?“

– „Ja, es handelt sich darum, dass in Neuss am Blutturm die Leiche einer Frau gefunden wurde und die einzige Verbindung, die wir zwischen dieser Frau und Neuss überhaupt herstellen können, ist Ihr Mann!“

– „Ach, du liebe Zeit, eine weitere Geliebte?“ Man sah, dass Amelie Dietrich jetzt auf der Hut war.

– „Wie kommen sie auf eine Geliebte?“

– Amelie sah jetzt relativ amüsiert aus: „Frau Pflumm, mein Mann musste zur Pflege seines Selbstbewusstseins immer mehrere Frauen haben, das war bereits so vor unserer Heirat vor mehr als 30 Jahren während unseres Studiums! Ich habe darüber bei unserer Heirat noch nicht Bescheid gewusst, aber dass er auch heute noch mehr als zwei Frauen hat, ist kein Geheimnis. Eine hier zum Kochen, Trösten und Lachen, eine in Neuss bei der ich – nachdem was er selbst darüber erzählt – nicht weiß, was ihn bei ihr hält. Ich vermute aber, dass die beiden irgendeine gemeinsame Leiche im Keller haben müssen. Und dann braucht doch ein Mann noch etwas für Bett und Herz und wie gesagt, vor allem etwas für's Selbstbewusstsein! Ich weiß von mehreren Frauen, die er ständig zusätzlich zur Pflege seines Egos benötigt und beglückt hat! Und er kann ja auch relativ charmant sein. Als ich ihn kennenlernte war er noch rank und schlank, so dick wie er heute ist, hätte ich ihn niemals genommen, weil das meiner Meinung nach für wenig Selbstkontrolle spricht.“

Ob Amelie Dietrich ahnte, dass sie sich mit dieser unverblümten Rede selbst in Verdacht bringen konnte, oder ob sie ihr nur auf Grund ihrer naiven Redseligkeit diese vielen Informationen gegeben hatte, jedenfalls schwieg sie plötzlich abrupt. Das Handy von Amelie Dietrich unterbrach den kurzen Moment des Schweigens. Eigentlich wollte sie den Anruf ignorieren, aber als Claudia sie ermunterte, ruhig zu telefonieren, nahm sie den Anruf entgegen und fing sofort an, in einer fremden Sprache mit vielen gerollten R's los zu schnattern.

Meine Güte, dachte Claudia, die ist ja in jeder Sprache gleichmäßig redselig. Mit einem Auflachen beendete Amelie das Telefongespräch und wandte sich wieder ihr zu.

– „Was war das denn für eine Sprache", fragte Claudia.

– „Indonesisch – es war nur ein Freund, der heute Abend noch vorbeikommen wird. Er hat ein Buch geschrieben, das ich für ihn Korrektur gelesen habe und wir müssen noch einige Punkte besprechen. Außerdem wollen wir heute Abend noch Salsa tanzen gehen ".

– „Ist er Indonesier?"

– „Nein, das nicht, aber er hat lange in Indonesien gelebt und jetzt über seine Zeit dort geschrieben. Sehr interessant und informativ, aber auch lustig. Wenn Sie sich für asiatische Länder interessieren, sollten Sie es später lesen. Wir sind viel miteinander gereist, bis in die entferntesten Gegenden vor allem in Asien und zum Teil unter sehr primitiven Umständen.

Kommen Sie überhaupt noch klar? Hier sitzt der Ehemann mit diversen Freundinnen, dort sitzt die Ehefrau, die auf abenteuerlichen und manchmal nicht ganz ungefährlichen Wegen mit ihrem Freund durch die Welt zigeunert und auf der anderen Seite ihren Mann regelmäßig bekocht und betütelt und sich sein Gesäusel anhört. Die er selbst in dem Fall um Rat fragt, wenn er dem Ärger mit seiner Neusser Lebensgefährtin entgehen möchte, weil er sich nicht scheiden lassen und sie heiraten will! Die soll deswegen schon in therapeutischer Behandlung gewesen sein – oder ist es vielleicht immer noch. Obwohl – jetzt hat sie ja unsere Scheidung eingereicht und da erübrigen sich sicherlich die Kosten für einen Therapeuten. – Sie haben doch nicht etwa angenommen, dass ich zu Hause sitze, und auf ihn weinend warte? Das nun wirklich nicht, ich bin seit mehr als 10 Jahren mit meinem Freund zusammen und das sehr glücklich. Meinen Freund stört es überhaupt nicht, dass ich noch verheiratet bin und meinen Mann regelmäßig mit Speis', Trank und guten Worten füttere.

Aber ich komme ja wieder vom Thema ab: Sie sprachen von einem Mordfall und glauben Sie nicht, dass ich darüber so munter hinweggehen will. Vielleicht will ich nur den Gedanken wegschieben, dass mein Mann damit zu tun haben könnte – und das auch noch vor dem Schützenfest. Das ist ja eine echte Neusser Katastrophe, fast so schlimm, als wenn am Sonntag die Schützenparade ausfallen müsste. – Entschuldigen Sie, wenn ich so flapsig rede, aber ein Mordfall alleine ist ja schon ein erschreckender Gedanke. Und dass man da hinein verwickelt werden kann, ist noch erschreckender. Nur dass mein Mann darein verwickeln sein könnte, kann ich mir einfach nicht vorstellen. Um wen handelt es sich denn?"

Langsam war Claudia völlig gebügelt von diesem ungebremsten Redefluss. Natürlich war Amelies Art zu reden recht amüsant, aber dem Anlass doch nicht ganz angemessen und ihre Ausführungen hatten so viele Informationen enthalten, dass Claudia sie erst einmal sortieren musste.

– „Ich zeige Ihnen mal ein Foto von dem Opfer, vielleicht können Sie etwas damit anfangen".

– Als Amelie das Polizeifoto in die Hand nahm, wurde sie recht nachdenklich, gab ihr aber nach einer Weile das Foto zurück und schüttelte den Kopf. „Ich glaube nicht, dass ich diese Frau jemals gesehen habe, geschweige denn gekannt".

– „Das Opfer heißt Christina Englert!"

– Amelies Augen weiteten sich: „Den Namen habe ich schon einmal gehört, kann ihn aber momentan nicht zuordnen!"

– „Die Frau lebte in Timmendorfer Strand!"

– „Dann weiß ich Bescheid, ich habe die Frau aber nur einmal im Leben gesehen. Das war in Timmendorfer Strand. Dort hatte sie ein Antiquitätengeschäft, in dem wir – d. h. eigentlich mein Mann – eine Galionsfigur gesehen hatten und unbedingt kaufen wollte. Sie werden es nicht glauben, eine nackte Frauenbüste, was sonst. Ein alter Seemann als Galionsfigur hätte bestimmt nicht seine Begehrlichkeit geweckt! Jedenfalls waren wir in diesem Laden und schon dort konnte ich erkennen, dass die Besitzerin seine Begehrlichkeit noch viel mehr weckte, als die halbnackte Galionsschönheit. Wir kauften die Figur dann aber nicht, da sie aus Gips gegossen und nicht aus Holz geschnitzt war. Aber ich weiß, dass mein Mann anschließend die Ladenbesitzerin persönlich über dieses entgangene Geschäft hinweggetröstet haben muss. Er war ja auch öfter alleine beruflich in Timmendorf und da war die Gelegenheit günstig."

– „Und woher wollen Sie wissen, dass Ihr Mann eine Beziehung zu dieser Frau hatte?"

– „Das ist ganz einfach, ich hatte zwar damals einen Verdacht, aber den Beweis lieferte mir der Ehemann oder Lebensgefährte dieser Dame, der mich eines Tages anrief und gar rüde beschimpfte: Ich solle gefälligst meinen Ehemann von seiner Frau fernhalten! Ich habe ihm dann nur gesagt, dass er das doch bitte selbst erledigen solle und habe aufgelegt – was ich später bedauert habe, denn so konnte ich meinen Wilhelm später nicht festnageln. Ich habe ihn zwar zur Rede gestellt und er hat wie immer alles, was man ihm nicht unstrittig beweisen konnte, strikt von sich gewiesen und war ob dieses Verdachts meinerseits tödlich beleidigt. Aber das hat mich nicht überzeugen können, es waren zuvor zu viele Ungereimtheiten passiert."

– „Ungereimtheiten?" Claudia wollte jetzt den Redefluss in Gang halten, denn wo konnte sie mehr über den Charakter des Ober-Schützen erfahren als bei seiner immer noch angetrauten Gattin. Auch wenn man natürlich nur deren subjektive Sicht erfahren konnte.

– „Ach das ist so lange her, schon über 20 Jahre, aber ich erinnere mich, dass er mal wieder aus beruflichen Gründen in Timmendorf war, ich ihn aber nicht im Hotel erreichen konnte und mir von der Rezeption mitgeteilt wurde, dass er zwar angemeldet gewesen, aber zu ihrer Verwunderung nicht eingetroffen sei. Als ich ihn später fragte, wo er denn wohne, meinte er nur, dass er wie immer im ‚Landhaus Carstens' wohne. Ich machte ihn dann darauf aufmerksam, dass man im ‚Landhaus Carstens' gar nichts davon wisse, wurde er verlegen und unwirsch zugleich und meinte, er wohne in einem neu angebauten Flügel. – Wieso das ein Argument zu seinen Gunsten sein sollte, wurde mir zwar nicht klar, vor allem weil ich ein paar Wochen zuvor selbst in Timmendorf mit ihm war und daher wusste, dass es dort damals noch gar keinen neu angebauten Flügel gab. Heute gibt's zwar immer noch keinen Anbau, aber eine Dependance auf der anderen Straßenseite und vielleicht war die damals bereits in Planung. Aber selbst wenn es sie gegeben hätte, nehme ich doch an, dass in einem Hotel dieser Klasse, den Angestellten eine neugebaute Dependance nebst der Gäste, die ihn bewohnen, nicht entgangen wäre. Daher wusste ich, dass er mich anlog – mal wieder".

– „Glauben Sie, dass Ihr Mann noch Kontakt zu dieser Frau hatte?" wollte Claudia wissen.

– „Möglich ist alles, aber ich habe keine Ahnung. Auf jeden Fall glaube ich auf keinen Fall, dass er etwas mit ihrem Tod zu tun hat, denn er nutzt die Frauen zwar aus und lügt ihnen das Blaue über Liebe und Gefühle vor, aber tot nützen sie seinem Ego gar nichts. Er ist immer mit seinen Lügen recht gut durchgekommen, denn er kann sehr überzeugend sein. Ich denke, das kommt daher, weil er – sobald er sie ausgesprochen hat – seine Lügen selbst glaubt. Jedenfalls für eine Weile, eben so lange sie ihm nutzen".

– „Würden sie ihren Mann als schwachen Charakter bezeichnen?"

– „Auf jeden Fall. Denn wenn ich seine Beziehung zu mir und zu seiner Lebensgefährtin in Neuss betrachte, kann es gar nicht anders sein. Aber sie ist auch nicht viel besser, denn wie ist es möglich, dass sie ewig und drei Tage wartet und bettelt, dass er sie heiratet. Ich wäre längst weg gewesen und hätte mir – wenn's mir auf's Heiraten angekommen wäre – einen netten anderen Mann gesucht".

– „Na, ja, aber das haben Sie doch selbst nicht getan."

– „Stimmt, aber mir war es eigentlich egal und ich habe ihm die Scheidung schon vor ca. 20 Jahren angeboten. Für mich selbst hatte dieses Eheleben ja keine Nachteile. Und für ihn im Prinzip ja auch nicht. Es hat ihn finanziell nichts gekostet, denn er hatte die vorteilhafte Steuerklasse, hatte ständig zwei Frauen …!"

– Claudia überlegte: „Hat bei Ihrer Entscheidung, nicht selbst die Scheidung einzureichen, nicht auch sein Geld eine Rolle gespielt?"

– „Welches Geld? Er ist doch heute arm wie eine Kirchenmaus. Er hat immer schon von Schulden gesprochen und durch unsere ‚Entheiratung', die seine Lebensgefährtin so energisch betreibt, scheint mir, dass es auch stimmt. Sie werden es nicht für möglich halten, aber der Mann, der einen so imposanten Sportwagen fährt, im eigenen Haus lebt und auch noch Mieteinnahmen hat, musste Prozesskostenbeihilfe beantragen! Armenrecht! Sein Rechtsanwalt namens Katschek oder Matschek oder so ähnlich, ich nehme an, dass es sich um den Schwager von Lebensgefährtin Lore handelt, hat dem Gericht geschrieben, dass der stolze Schützenbruder inzwischen von ihr das Gnadenbrot erhält, also der Lebensunterhalt von ihr bestritten wird. – Wie er das allerdings geschafft haben will, ein so schönes Vermögen, wie er beim Tod seiner Mutter erhalten hat, so schnell durchzubringen, ist mir schleierhaft. Wobei das Angeberauto, der Sportwagen, ja eigentlich mir gehört, denn den hat er mir 1982 zu meinem 30. Geburtstag geschenkt. Allerdings habe ich meistens unsere ‚Tierkutsche', das heißt unser Hundeauto gefahren. Große, vom Spaziergang schmutzige Hunde sind in einer Edelkarosse weniger angebracht – hätten auch gar nicht hineingepasst. Aber er hält sich ja noch einige andere Wagen und lebt offensichtlich immer noch auf großem Fuß, – wie Tile Kolup, der ‚Kaiser von Neuss'", prustete sie amüsiert los, „Ist Ihnen Tile Kolup ein Begriff?"

Claudia war entgeistert und ging auf diese letzte Frage, die Amelies Heiterkeitsausbruch folgte, nicht ein, obwohl sie nun schon zum zweiten Mal von Tile Kollup hörte. Konnte es wirklich sein, dass diese Informationen über Wilhelm Dietrich alle den Tatsachen entsprachen? Sie wollte nicht weiter auf die finanzielle Situation von Wilhelm Dietrich eingehen, das konnte sie ja dann in Neuss überprüfen. Aber Näheres über sein Privatleben, besonders was seine Frauen anbetraf, wollte sie doch noch erfahren.

– „Können sie mir denn noch etwas über sein Liebesleben erzählen? Kennen sie zum Beispiel noch Namen von anderen Frauen? "

– „Na, ja – Sie müssen wissen, dass ich mich eigentlich schon lange nicht mehr für sein Privatleben interessiere. Ich weiß nur, dass er im Anfang unserer Ehe eine Beziehung mit einer Kollegin hatte, der Name lautete so ähnlich wie Brigitte Weitz, aber das könnte ich nachsehen, denn ich besitze noch Liebesbriefe von ihr. Die lebte oder lebt vielleicht immer noch in Duisburg, wenn ich mich recht erinnere. Überhaupt hat er mit Sicherheit auf beruflicher Ebene häufig Affären gehabt, aber als Beziehungen würde ich das nicht bezeichnen.

Aber es gab da eine Frau in Neuss, mit der er eine jahrelange Beziehung geführt hat, ihr Name war, wenn ich mich recht erinnere, Karen Kleiber. Die Geschichte begann, als sie Karneval zu Besuch bei uns war und ich aufgrund einer gefährdeten Schwangerschaft nicht mitfeiern konnte. Sie werden es kaum glauben, aber nach so vielen Jahren hinterlässt das bei mir immer noch Bitterkeit, auch dass er, als dann diese Schwangerschaft wieder mit einer Fehlgeburt endete, nicht erreichbar war, um mich ins Krankenhaus zu bringen, weil er zu dieser Zeit bei dieser Dame weilte! So etwas vergisst bzw. verzeiht man niemandem!"

Claudia hörte zum ersten Mal echte Bitterkeit aus Amelies Worten und Stimme heraus, die bisher ihre Angaben im Small-Talk-Stil mit viel Ironie und immer einem amüsierten Unterton gemacht hatte. An dieser Stelle hakte sie ein: „Ich wundere mich sowieso, wie Sie das ausgehalten haben."

– „Ach wissen sie, Frau Pflumm, was man nicht wissen will, das registriert man nicht und was man glauben will, das glaubt man. Die Beziehung zu Karen Kleiber hatte ich irgendwann herausbekommen und ihn vor die Wahl gestellt. Er wollte die Beziehung auch sofort beenden und ich habe ihm geglaubt, ganz einfach weil ich ihm glauben wollte. Und erst nachdem wir uns getrennt hatten, habe ich erfahren, dass er diese Beziehung nicht einmal für einen Tag unterbrochen hat! Auch von seinen anderen Beziehungen habe ich erst nach der Trennung erfahren, denn er hinterließ mir hier unendlich viele Liebesbriefe verschiedener Frauen!"

– „Haben Sie diese Briefe noch und könnten wir diese Briefe zur Einsicht bekommen? Vor allem, sind auch Briefe von Christine Englert darunter?"

– „Die Briefe können Sie gerne haben, aber so weit ich mich erinnere, sind keine Briefe von Christine Englert darunter. Warten Sie, ich hole den Ordner mit den Briefen."

Sie holte einen dicken Ordner mit Briefen und übergab ihn an Claudia mit den Worten: „Ich warne Sie aber, ein handelt sich um eine große Anhäufung von pubertärem Gesülze, chronologisch geordnet! Nicht gerade literarisch wertvolle Genüsse. Vermutlich hat man in seiner Jugend auch so einen seichten Blödsinn verfasst und erhalten. Auch eine große Anzahl Briefe seiner jetzigen Geliebten Lore Nassau befinden sich darunter. Aber sie werden es ja sehen".

– Claudia grinste: „Jetzt habe ich aber noch eine Frage. Würden Sie sich noch einmal mit mir und einem Kollegen unterhalten und Ihre Aussagen auch zu Protokoll geben?"

– „Aber immer", nickte Amelie Dietrich, „nur erwarten Sie nicht von mir, dass ich nach Neuss komme. Wenn Sie aber noch einmal hierher kommen möchten, herzlich gern. Ich bin schließlich auch neugierig und würde gern erfahren, wie die Geschichte weitergeht! Und lassen Sie sich mal von einem Neusser die Geschichte von Tile Kolup erzählen, an den mich mein Mann zur Zeit erinnert mit seinem Glanz oder Gloria-Leben im trauten Schützenwesen!"

Claudia verabschiedete sich zum Teil nachdenklich und zum Teil amüsiert von der schwatzhaften und manchmal sehr sarkastischen Amelie Dietrich.

Gedankenverloren machte sich Claudia mit einem dicken Ordner voller Liebesbriefe an den korpulenten Schützenchef im Gepäck zurück auf den Weg nach Neuss. Amelie Dietrich war ihr ein Rätsel geblieben. Sie hatte ihr zwar einige Aufschlüsse gegeben, unter anderem den richtigen Namen von Wilhelm Dietrichs Lebensgefährtin, ‚Lore Nassau', aber ihre fröhliche Schwatzhaftigkeit konnte sie noch nicht einordnen. Aber vielleicht lag das auch an ihren jüngsten Erlebnissen mit Ronald. Noch war es ja auch viel zu früh, um so über den Dingen zu stehen wie Amelie. Ihre Hoffnung war, dass sie sich bald lösen und Ronald würde hinter sich lassen können.

Zu Hause angekommen, bereitete sie sich erst einmal eine große Tasse Kaffee zu und ließ sich auf ihrem Balkon in der Abendsonne mit dem Liebesbrief-Ordner nieder. Aber sie hielt die Lektüre nicht lange durch, denn die seichten und ähnlich liebestrunkenen Ergüsse der verschiedenen Damen waren für sie momentan nicht die richtige ‚Kost'. Damit sollte sich Vera Kuhn oder jemand anderes aus der KTU vergnügen. Den größten Teil der Briefe machten sowieso die Briefe von Lore Nassau aus.

Claudia legte den Ordner weg und beschäftigte sich mit sich selbst. Später versuchte Ronald noch einmal anzurufen, aber wiederum drückte sie ihn weg. Danach rief sie in Tübingen Caro an, um ihr zu sagen, dass sie gut nach Neuss zurückgekommen sei und diskutierte mit ihr – wohl wissend, dass sie keine neuen Erkenntnisse erhalten würde – erneut über das ernüchternde Ende ihrer Beziehung und ihre veränderte Situation. Als Caro aber ihre mütterliche Seite herauskehrte und ihr ans Herz legte, sie solle das doch als einen Neuanfang und eine Chance sehen, beendete sie das Gespräch schnell, weil sie für solche gutgemeinten Ratschläge, jetzt da sie am liebsten nur noch wüten und toben wollte, gar keinen Sinn hatte.

16. Wieder in Neuss

Am nächsten Morgen fuhr Claudia auf dem Weg zu ihrer Dienststelle kurz bei der Bäckerei von Marlene Schneider vorbei, weil sie wusste, dass die schon dringend auf Nachricht von ihr wartete. Marlene hatte ihr vorsichtshalber ihre Telefonnummer gegeben, aber am Abend zuvor hatte sie sich noch nicht in der Lage gefühlt, über die ganzen Geschehnisse in Stuttgart zu reden. Entweder hätte sie angefangen zu heulen oder zu schreien und beides wollte sie Marlene nicht antun. Dummerweise war der ganze Laden voller Kunden und so zeigte sie Marlene nur mit dem nach unten gerichteten Daumen, dass ihr Besuch in Stuttgart nicht den erhofften Ausgang genommen hatte. Sie flüsterte ihr nur kurz zu: „Katastrophe in Stuttgart und Neuigkeiten im Mordfall, ich komme später wieder". Sie wollte die Bäckerei danach sofort verlassen, aber Marlene hielt sie zurück und füllte ihr bestürzt und mitleidig noch schnell eine große Tüte mit Leckereien, die sie wohl in einem solchen Fall für die beste Medizin hielt. Sie raunte ihr nur schnell zu: „Für Butterbrezeln reicht die Zeit nicht, aber vielleicht hilft das auch", und drückte ihr die riesige Tüte in die Hand.

Im Büro waren Richard und Paolo bereits eingetroffen. Als Claudia eintrat, erstarb ihr Gespräch augenblicklich und sie blickten sie erwartungsvoll an. Claudia reagierte nicht und begab sich zu ihrem Schreibtisch.

– „Na und?" fragte Paolo vorsichtig. Wie bei Marlene machte Claudia die Geste des nach unten gerichteten Daumens. Die Gesichter der beiden wurden betroffen und auch etwas hilflos. Claudia überbrückte die Verlegenheit der Kollegen, indem sie mit Blick auf ihren nach unten gerichteten Daumen sagte: „Stuttgart", dann hob sie den Daumen in die Höhe und meinte: „Amelie Dietrich, die Geschwätzige".

Jetzt wandelte sich der Blick der Kollegen in verständnislose Verwirrung, als wüssten sie nicht, ob hier nicht ein Nervenarzt die gebotene Hilfeleistung sein müsse. Claudia musste unwillkürlich schmunzeln und meinte erklärend: „Wenn man in seiner Bäckerei eine Mega-Tüte ‚siaße Stickle' – was in eurem Slang soviel wie ‚süße Teilchen' heißt – geschenkt bekommt, dann bedeutet es, dass auf emotionaler Ebene etwas schief gelaufen ist. Bringt man von einer solchen Fahrt aber nicht nur ein verwaistes Bett, sondern auch die Liebesbriefe diverser Frauen an euren undurchsichtigen Ober-Schützenbruder mit, dann hat man vielleicht in Liebesdingen nicht den richtigen Riecher, aber seinen Beruf hat man zumindest nicht verfehlt!"

Damit warf sie den Kollegen die Tüte von Marlene und den Ordner auf den Schreibtisch und meinte: „Hier die Emotionen der holden Weiblichkeit gegenüber Wilhelm Dietrich und dazu die Nervennahrung, um diese Kost verdauen zu können! Ich habe versucht, etwas davon zu lesen, aber das war für mich zu schwere Kost! Wir können versuchen, sie Vera auf's Auge zu drücken, die ist vielleicht romantisch genug, um diese seichten Säuseleien zu genießen oder wenigstens verdauen zu können!"

– „Ha", meinte Paolo erleichtert, weil er große Sorge gehabt hatte, dass sie nun für Claudia den Seelenklempner spielen müssten, „die Briefe kann sie haben, das passt zu ihrer romantischen Ader, aber die Tüte konfiszieren wir für uns hier!"

– „Das ist unfreundlich", meinte Claudia, „einen Teil könnten wir Vera ja abgeben, wenn sie schon die Briefe lesen muss!"

– Richard fing an zu lachen: „Dann sind wir schuld, wenn sie wieder eine neue erfolglose Diät beginnen muss und wollen wir daran schuld sein? Mitnichten! Die Tüte bleibt hier! Aber jetzt erst einmal ‚Butter bei die Fische': Claudia, wie kommst du an die Briefe?"

Claudia gab ihnen einen kurzen Bericht von ihrem überfallartigen Besuch bei Amelie Dietrich und natürlich meldeten die Kollegen direkt die erwarteten Bedenken an, die Claudia aber als unerheblich vom Tisch wischte, weil Amelie Dietrich gerne bereit sei, sich noch einmal mit ihnen zu unterhalten und dann könnten sie selber diese ja aufsuchen.

– „Oh Gott, schwatzhafte Frauen ...“, murmelte Richard.

– „Keine Sorge“, beruhigte Claudia, „sie ist dabei wenigstens relativ amüsant“.

In dem Moment klopfte es an die Tür und Rainer Karmug stand im Raum. Nach einem jovialen ‚Guten Morgen' wurde er ganz geschäftlich und meinte gewichtig, er müsse unbedingt ein ‚Meeting' einberufen, da er morgen mit dem Bürgermeister zum Essen verabredet sei, der über ihre bisherigen Erkenntnisse informiert werden wolle. Außerdem sei sicherlich ein gemeinsames ‚Brainstorming' nicht das Schlechteste, um ihre weitere Vorgehensweise in dem Fall zu besprechen.

Claudia, Richard und Paolo schauten sich vielsagend an. Wenn der hohe Chef keine Anglizismen in seine wohlwollenden Reden einflechten konnte, fühlte er sich nicht ‚on top‘ (wie Richard einmal so treffend bemerkt hatte). Er sprach mit Vorliebe ihnen gegenüber von seinem ‚Home office‘, seiner ‚To do-Liste‘ etc. und entlockte damit seinen Untergebenen nur ein ironisches Lächeln, weil sie alle vermutlich Englisch besser beherrschten als der Chef.

Mit der Aufforderung, sich in 15 Min. in seinem Büro zu einzufinden, verließ er sie und alle brachen in ein schallendes Gelächter aus. Claudia, der die ausgelassene Heiterkeit ihrer Kollegen gut tat, konnte sich nicht zurückhalten zu erwähnen: „Warum muss unser Chef eigentlich so der Karikatur eines Vorgesetzten in einer Krimikomödie gleichen? Schlimmer noch: Wenn man ihn so, wie er sich selbst gibt, in einem Film darstellten würde, empfände es jeder als übertrieben!“

Das ‚Meeting‘ samt ‚Brainstorming‘ beim Chef lief problemlos ab, denn sowohl Paolo als auch Richard kannten Rainer Karmug lange genug, um ihm geschickt ihre Vorstellungen über die sinnvollste Vorgehensweise in einem Fall in der Form nahe zu bringen, dass er hinterher der Meinung war, er habe seine Untergebenen gut instruiert und alles in die richtigen Wege geleitet. Claudia bekam eine wohlwollende, milde Ermahnung für ihre Eigeninitiative hinsichtlich des Besuchs bei Amelie Dietrich, aber auch ein Lob, weil sich dieser Besuch so erfolgreich gestaltet hatte. Trotzdem sollten sie bei ihren Untersuchungen mit äußerster Diskretion vorgehen, denn schließlich sei Wilhelm Dietrich eine bekannte Größe in Neuss, den man nicht so einfach düpieren könne. Er selbst kenne ihn nur als integeren Mann. Bei seiner Rede in wohlgesetzten Worten an seine Untergebenen (‚an sein Volk' wie Claudia es sarkastisch im Stillen bezeichnete) verspeiste er mindestens drei von Claudias ‚Trostteilchen', was Claudia mit weniger Wohlwollen bemerkte, weil er nicht ein Wort des Dankes an den ihm unbekannten Spender gerichtet oder nach deren Herkunft gefragt hatte. Claudia, die selbst ein großzügiger Mensch war, rief sich aber selbst sofort zur Ordnung, denn dass sie momentan nicht in der verträglichsten Verfassung war, wusste sie selbst. Und kurz bevor Rainer Karmug die Runde zur Erleichterung aller auflöste, bedankte er sich noch dafür, dass man ihn am Genuss dieser Teilchen beteiligt habe. Claudia war sofort versöhnt und schämte sich ein wenig für ihre vorherigen Gedanken, denn dass ihr Chef kein Schmarotzer war, war ihr eigentlich klar gewesen. Er war zwar das, was man im Schwäbischen ‚ehrenkäsig' nannte aber das hatte sicher seine Ursache darin, dass er eigentlich ein schwacher Mensch war, der angestrengt um Anerkennung buhlte. Aber dabei war er durchaus wohlwollend, wenn man ihm die Anerkennung entgegenbrachte, auf die er hoffte. Nur fiel ihnen das manchmal nicht ganz leicht, da sie seine Art oft als recht anstrengend empfanden.

Zurück im Büro beschlossen sie, die Verdächtigen nacheinander zur Befragung ins Präsidium vorzuladen. Zudem brauchten sie von allen Fingerabdrücke und Speichelproben, denn schließlich waren Spuren von mehreren Personen an Christine Englerts Leiche gefunden worden. Außerdem wollten sie den Mann befragen, der sich als Zeuge gemeldet hatte und Christine Englert mit einem korpulenten Mann gesehen haben wollte. Mit seiner

Hilfe wollten sie herausfinden, ob Wilhelm Dietrich noch Kontakt zu Christine Englert gehabt hatte oder ob sein Kontakt zu ihr wirklich bereits vor Jahren abgebrochen war.

Zwischen ihnen kam die Diskussion auf, hat er oder hat er nicht die Wahrheit gesagt. Aber auch wenn alle der Meinung waren, dass er hoffentlich nicht so dumm gewesen sei, sie in diesem Punkt zu belügen, wollte sich keiner festlegen. Claudia war erstaunt, dass sie nicht unverbrüchlich zu ihrem Schützenbruder standen, aber die Situation sprach nun mal sehr dafür, dass er noch Kontakt zu Christine Englert gehabt haben musste. Zudem ließ der Ordner mit den Liebesbriefen aus der Zeit, da er noch mit seiner Ehefrau zusammengelebt hatte, nur den Rückschluss zu, dass er der holden Weiblichkeit nur allzu sehr zugeneigt war.

Anschließend übergaben sie Vera Kuhn den Ordner mit den Liebesbriefen, die erwartungsgemäß hocherfreut war, sich dieser Lektüre widmen und sie auswerten zu dürfen.

„Sie liebt es eben, im Leben anderer herumzuschnüffeln“, meinte Paolo leicht überheblich.

„Na, das tun wir ja wohl alle gern, sonst hätten wir einen anderen Beruf gewählt“, dämpfte Richard Paolos Worte.

Danach machte sich Claudia unverzüglich daran, ein Gesprächsprotokoll über das Gespräch mit Dietrichs Ehefrau niederzuschreiben, bevor ihr die Hälfte entfallen konnte. Durch die Geschwätzigkeit der Amelie Dietrich fiel es ihr schwer, sich auf die wesentlichen Dinge zu konzentrieren, denn immer noch verglich sie deren Situation mit ihrer eigenen. Sie arbeitete dennoch sehr konzentriert und ließ sich auch nicht von Paolo und Richard zu einem Kaffee in der Kantine überreden.

Während die beiden in der Kantine waren, kam plötzlich Leo van Kameren herein und riss sie mit den Worten aus ihrer Arbeit: „Na, da hast du ja ganz schön eigenmächtig gehandelt! Es ist dir aber schon klar, dass das nicht korrekt ist? Sei froh, dass du etwas mitbringen konntest, das uns vielleicht in dem Fall weiterbringt.“

Claudia war empört über den kühlen Ton, mit dem er sie zurechtwies und fragte genauso kühl: „Wer hat dir das denn schon wieder zugetragen? Und außerdem ist es Karmugs Sache, mir dazu etwas zu sagen und nicht deine, du bist schließlich nicht mein direkter Vorgesetzter!"

– „Touché", grinste Leo anerkennend, „Vera hat mir von dem Ordner erzählt, aber sie wollte dir sicher nichts Böses!"

– ‚Das glaubst aber auch nur du', dachte Claudia jetzt erst recht erbost, ‚typisch Mann, für die Feinheiten der weiblichen Intrigen und Seitenhiebe haben sie keinerlei Feingefühl. Das war doch Veras Chance, ihn von meiner Unzulänglichkeit zu unterrichten – natürlich unter dem Deckmantel des Lobes für den erbeuteten Ordner'.

– „Na, nun schau nicht so erbost", meinte Leo, „sie wollte dir doch wirklich nichts Böses, im Gegenteil".

– Claudia schwieg immer noch und dachte nur bei sich: ‚Na bitte, da hat Vera, die Gute, ja geschickt zugeschlagen'.

– „Was kann ich für dich tun?" fragte Claudia, um die Gesprächspause zu unterbrechen.

– „Hast du nachher noch Zeit, für ein Gespräch über deinen Besuch bei Amelie Dietrich?"

– „Nein, ich habe heute keine Zeit mehr, gleich ist Dienstschluss. Aber ich schreibe gerade ein Protokoll über das Gespräch, das kann ich dir nachher als Kopie zukommen lassen. Willst du es per Email?" stellte sie die Gegenfrage.

– „Ja, ist in Ordnung", antwortete Leo, „aber ich möchte auch gerne noch deine persönlichen Eindrücke näher erfahren. Ich denke, wir sollten uns morgen zu einem Gespräch zusammensetzen" – er machte eine Pause – „oder besser, wir treffen uns in Neuss-Holzheim. Da habe ich morgen früh zu tun. Am einfachsten ist es, du kommst so gegen 12.30 Uhr zum Museum Insel Hombroich. Das ist gut ausgeschildert und du kannst es nicht verfehlen. Außerdem ist es auch gut mit dem Bus zu erreichen. Oder vielleicht kann dich eine Streife dort absetzen, falls eine gerade in die Richtung fahren sollte. Ich frage mal unten nach, die melden sich dann bei dir."

Claudia kam gar nicht dazu Fragen zu stellen oder etwas zu erwidern, schon war er wieder zur Tür hinaus. Sie sah ihm sprachlos nach und fragte sich, was denn eigentlich in ihn gefahren war, so geschäftsmäßig hatte er sie ja noch nie behandelt. Das war sicherlich Veras Werk. Aber in ihrer momentanen Verfassung war ihr das ganz recht, denn nach neckischen Tändeleien stand ihr sowieso nicht der Sinn, das wollte sie gerne Vera überlassen.

Claudia beendete ihren Bericht und mailte ihn an Leo. Danach machte sie sich, ohne auf ihre Kollegen zu warten, auf den Weg zu Marlene. Sie brauchte jetzt dringend ein freundschaftliches Gespräch mit einer Frau. Im Moment gingen ihr alle Männer auf die Nerven und waren sie noch so nett wie Paolo oder Richard. Zudem hatte Leos Auftritt ihre Wut auf die gesamte Männerwelt nur noch weiter angeheizt.

Glücklicherweise hatte Marlene sie erwartet. Eigentlich hatte Claudia bei ihr anrufen wollen, um ihr Kommen anzukündigen, aber vor lauter Ärger über Leo, Ronald und die ganze Männerwelt, hatte sie es vergessen. Marlene war gerade die richtige Gesellschaft, um ihr Weltbild wieder etwas zurechtzurücken und ihr Selbstbewusstsein wieder aufzubauen, das doch mehr gelitten hatte, als sie es sich selbst eingestehen wollte. Verständnisvoll ließ sie sie schimpfen und toben, gab ihr hinsichtlich Ronald recht und beruhigte sie bezüglich Leo und den übrigen Männern auf der Welt. Einigermaßen entspannt verließ sie Marlene nach einiger Zeit wieder und fühlte sich erheblich besser. Marlene war wirklich Balsam für ihre Seele und Claudia war heilfroh, dass das Bedürfnis nach einer im Rheinland völlig unbekannten schwäbischen Butterbrezel ihr eine so gute Freundin beschert hatte.

17. Leo zeigt ein anderes Bild von Neuss

Am nächsten Morgen meldeten sich die Kollegen vom Streifendienst und teilten Claudia mit, dass sie sie auf Wunsch von Staatsanwalt van Kameren mittags zum Museum Insel Hombroich mitnehmen würden. Auch wenn Leo angekündigt hatte, dass er ihr eine Mitfahrgelegenheit beschaffen wollte, fühlte Claudia sich überfahren und bevormundet. Denn natürlich handelte es sich nicht um eine Mitfahrgelegenheit, sondern die Kollegen transportierten sie auf Wunsch des Staatsanwalts zum vereinbarten Treffpunkt.

Leo war bereits dort, als die Kollegen sie absetzen. Er begrüßte Claudia so distanziert, wie er sich am Vortag von ihr verabschiedet hatte. Claudia blieb auch sehr zurückhaltend und verabschiedete sich nur – wie sie selbst fand – ein wenig zu übertrieben freundlich von den Kollegen, die sie zum Treffpunkt mit Leo gebracht hatten. Dann wandte sie sich an Leo und fragte: „Was gibt es hier eigentlich so Wichtiges, dass ich hierher kommen musste."

– Jetzt grinste sie Leo zum ersten Mal recht verschmitzt an und meinte nur: „Komm einfach mit und schau' es dir an". Mit den Worten ging er mit ihr in den Eingangsbereich des Museums. „Hast du schon einmal vom Museum Insel Hombroich gehört?" fragte er.

– „Gehört schon", erwiderte Claudia, aber wir sind doch nicht hier, um ein Museum zu besuchen".

– „Doch", lachte Leo, „genau deshalb sind wir hier. Damit du auch einmal siehst, dass Neuss nicht nur Schützenbrüder und Schützenfest zu bieten hat – wie du anscheinend den Eindruck hast –, sondern auch ein wirklich außergewöhnliches Museum".

Claudia war sich nicht sicher, ob er sie jetzt auf den Arm nehmen wollte und folgte ihm durch den Eingang. Die Karten hatte er offensichtlich schon vorher besorgt. Claudia war zwar der Name ‚Museum Insel Hombroich' ein Begriff, aber eine

Vorstellung hatte sie sich nicht davon gemacht oder sich damit auseinandergesetzt. Sie erlebte jetzt eine weitläufige Park- und Auenlandschaft, angelegt – wie Leo ihr erklärte – vom Landschaftsarchitekten Bernhard Korte, in der verschiedene Gebäude verstreut waren, die als Skulpturen von Erwin Heerich entworfen waren. Zum Teil waren sie als reine Gebäude-Skulpturen gestaltet, die durch ihre Raumgestaltung aussagefähig waren, zum Teil waren die Gebäude aber auch angefüllt mit Kunst der verschiedensten Ländern aus frühgeschichtlicher Zeit aber auch mit zeitgenössischen Kunstwerken. Besondere Begeisterung empfand Claudia für die zeitgenössischen Kunstwerke, wobei besonders die Werke von Kurt Schwitters sie in ihren Bann zogen. Das gesamte Areal war so groß, dass man bei einem Besuch gar nicht alles erfassen konnte. Claudia und Leo sprachen nicht viel, als sie gemeinsam die verschiedenen begehbaren Skulpturen durchwanderten und diese ebenso wie die ausgestellten Kunstwerke auf sich wirken ließen. Schließlich ließen sie sich bei dem herrlichen spätsommerlichen Wetter, das die ganze Museumslandschaft in ein weiches warmes Licht hüllte, auf einer versteckten Bank nieder.

– „Das ist wirklich großartig“, sagte Claudia leise, „danke Leo, das tut mir wirklich gut“.

– Leo lächelte: „Schön, dass es dir gefällt, ich komme immer hierher, wenn ich einen klaren Kopf brauche. Und das wollte ich dir eigentlich zeigen. Ich weiß, dass es dir zur Zeit nicht so gut geht, weil du eine Enttäuschung erlebt hast, und wenn du reden möchtest, stehe ich dir sehr gerne zur Verfügung. Wenn du dich aber nur ein wenig innerlich ausruhen möchtest, ist es genauso gut. Vielleicht hilft es dir aber auch, wenn du ein wenig Dampf ablassen kannst. Du kannst dir vorstellen, dass Paolo und Richard mir Andeutungen gemacht haben, dass deine Reise nach Stuttgart nicht das erhoffte Resultat gehabt hat.“

– „Leo“, frage Claudia nach einer kurzen Weile, „kannst du mir erklären, wer Tile Kolup war?“

– Leo fing schallend an zu lachen: „Entschuldige, Claudia, ich habe alles erwartet, aber nicht diese Frage. Wie kommst du denn jetzt auf Tile Kolup?"

– Claudia stimmte nun ihrerseits in sein Lachen ein: „Entschuldige, Leo, aber Amelie Dietrich hat ihn erwähnt und mit Wilhelm Dietrich verglichen. Da ich darauf nicht einging, sagte sie zum Schluss, dass ich mir bei Gelegenheit etwas über Tile Kolup erzählen lassen solle. Ich bin doch nur so spontan zu Amelie Dietrich gefahren, weil ich diesen Schiffbruch in Stuttgart erlebt haben und dachte ich könne dort eine vergleichbare Situation aus einem anderen Blickwinkel sehen und vielleicht etwas über mich selbst erfahren."

– „Ach, du meintest, weil es dort auch so eine Dreieckssituation mit einer Zweitfrau gegeben hat!"

– „Na, bei Wilhelm Dietrich bin ich mir nicht sicher, wie viele Ecken die Geschichte tatsächlich hat oder hatte. Ich tippe inzwischen eher auf vier oder fünf Ecken als auf drei.

Aber weißt du, das Schlimmste in meinem persönlichen Fall war ja, dass es keine Zweitfrau gab, sondern dass ich die Zweitfrau war. Da stehe ich in Stuttgart plötzlich vor einem Wesen, das alles ist, was ich nicht bin. Groß, schlank, gekleidet wie aus einem Modejournal – und glaub' mir, die sieht immer so aus, selbst wenn man sie mitten in der Nacht aus ihrem Bett holt: perfekt geschminkt, kühl wie ein Roboter und genauso war auch ihre Reaktion auf mein Erscheinen. Ich kam mir grau, tollpatschig und völlig unzulänglich vor, – so wie ein Aschenbrödel, das nie die Chance hat, ein schöner Schwan zu werden. Hätte sie geschrien und getobt, irgendetwas auf den Boden geschmissen oder hätte mich einfach empört hinausgeworfen, wäre sie mir menschlich vorgekommen und ich mir ganz normal. Aber sie hat keinen Moment ihre überlegene Fassung verloren. Ich fühlte mich so bescheuert – ein Wort, das sie übrigens mit Sicherheit nie gebraucht hätte!" Claudia schluckte heftig, um ihre Tränen der Wut hinunter zu drükken, die mit Macht heraus wollten.

Leo ließ ihr Zeit, um sich wieder zu fassen, dann legte er ihr einen Finger unter ihr Kinn und wandte ihr Gesicht zu sich. Er blickte sie warmherzig an, beugte sich dann zu ihr und drückte ihr einen leichten Kuss auf die Nasenspitze und sagte: „Claudia, wenn du nicht so bleibst, wie du bist, dann bekommst du es mit mir zu tun! Ich – und alle deine Kollegen mögen dich nämlich genau so wie du bist – und nur so wie du bist. Du bist ein tolles Mädchen und besonders für mich!"

Claudia fühlte sich verwirrt und wusste nicht, wie sie auf Leo's Worte reagieren sollte, wollte er ihr jetzt sagen, dass er sie besonders mochte, oder war das eher eine Art brüderlicher Trostrede? Sie lächelte ihn ein wenig schief an und fuhr, um ihre Verlegenheit zu überbrücken in ihrer Erzählung fort.

– „Danke Leo, du bist wirklich ein Freund, aber die Begegnung mit Ronalds Erstfrau und Lebensgefährtin hat mich dazu gebracht, Amelie Dietrich aufzusuchen. Ich wollte wissen, ob sie genauso ist. Es war also mehr eine persönliche Angelegenheit als eine berufliche. Sorry, aber in dem Moment konnte ich nicht anders."

– „Mensch, Claudia, ich wollte dich doch nur hierher locken und mit meinem blöden Chefgetue von gestern hatte ich die beste Chance dazu. Trotzdem, wo wir gerade dabei sind: Bitte unternimm keine Alleingänge mehr. Du kannst mich jederzeit anrufen, auch mitten in der Nacht, aber sprich dich bei so etwas vorher mit mir ab. Das sage ich nicht, weil ich dich bevormunden will, sondern zu deiner Sicherheit. Aber eigentlich wollte ich mit dir überhaupt nicht über Berufliches reden an diesem schönen Ort hier. Jetzt gehen wir hier noch in die Cafeteria, die ist nämlich im Eintrittspreis inbegriffen, trinken einen guten Kaffee und ich erzähle dir das, was ich über Tile Kolup noch in Erinnerung habe. Für Vollständigkeit kann ich aber nicht garantieren!"

Sie schlenderten weiter durch die wunderschöne künstliche und doch so natürlich wirkende Landschaft, während Leo ihr zu ihrem Vergnügen mit einigen Stockungen die Geschichte von Tile Kolup erzählte.

– „Tile Kolup war eine historische Persönlichkeit. In der zweiten Hälfte des 13. Jahrhunderts ist er zuerst in Köln und dann in Neuss aufgetaucht und gab sich für den letzten Stauffer Kaiser Friedrich II. aus, der von seinem fünften Kreuzzug aus dem Orient heimgekehrt sei. Er muss diesem – den er offenbar auf diesem letzten Kreuzzug begleitet hatte – recht ähnlich gesehen haben und wusste sehr gut über ihn Bescheid. In Köln, wo er zuerst aufgetaucht war, hatte er damit keinen Erfolg und wurde mit Spott aus der Stadt gejagt. In Neuss dagegen erwarb er viele Anhänger, die ihm auf eigene Kosten zu Diensten waren und ihm ein wahrhaft königliches Residieren in Neuss ermöglichten. Er erhielt viel Zulauf von Abenteurern und anderen zwielichtigen Gestalten aus den verschiedensten Regionen. Selbst aus Italien sollen Gesandte zu ihm gekommen sein. Er hielt in Neuss Gericht, fertigte Adelsbriefe aus, gab Almosen und veranstaltete Festmähler. Dass die Masse ihm so ergeben war, mag seinen Grund im Wunsch nach Frieden und in den damaligen unruhigen Zeiten nach einem besseren Leben durch die Rückkehr Friedrichs II. gewesen sein.

Als er aber politisch gefährlich zu werden drohte, schritt der König, ich glaube es war Rudolf von Habsburg, mit Truppen ein. Erst floh Kolup nach Wetzlar, wo er wiederum Gefolgsleute fand. Aber nachdem der König auch hier mit Truppen auftauchte, lieferten die Wetzlarer den falschen Kaiser aus. Er wurde gefoltert und gab dadurch seine wahre Identität preis: Er war ein einfacher Bauernsohn. Kurz darauf wurde er hingerichtet. So ungefähr war das mit Tile Kolup!"

Claudia schaute ihn nach dieser Erzählung amüsiert an: „Ihr Neusser lasst aber auch nichts aus: der Fetzer, ein falsche Kaiser, hier war ja richtig was los. Ich bin gespannt, was noch alles in euren Annalen verzeichnet ist! – Also hält Amelie Dietrich ihren abtrünnigen Wilhelm für einen Hochstapler oder eine taube Nuss, so nach dem Motto: Mehr scheinen als sein!"

– Leo schaute sie nachdenklich an: „Offenbar – aber bei Ex-Ehefrauen oder verlassenen Frauen sollte man die Aussagen gut abwägen."

– „Das weiß ich auch, aber man muss schließlich alles in Betracht ziehen," entgegnete Claudia, „Schützenbrüder sind nicht von vornherein integer nur weil sie Schützenbrüder sind!"

– „Claudia, ich bin nicht Paolo. Du kannst mir schon abnehmen, dass ich das Ganze objektiver sehe."

– „Das will ich auch hoffen, denn seine Kritiklosigkeit war ja wohl etwas blauäugig!"

– „Das ist aber nicht normal bei ihm", beschwichtigte Leo, „aber so kurz vor dem Schützenfest, kann doch kein Schütze anders als edel, hilfreich und gut sein! Das musst du doch auch einsehen!" Claudia zog hörbar die Luft ein, als Leo fortfuhr: „Nach dem Schützenfest sieht das natürlich ganz anders aus – außer, der Verdächtige, wer auch immer es sei, wäre der neue Schützenkönig. Der wäre dann natürlich mindestens ein Jahr gegen jedwede Verdächtigungen gefeit. Oder willst du das Neusser Weltbild ins Wanken bringen?"

– Claudia musste lachen: „Nimm mich nicht auf den Arm, sondern bring' mich zurück ins Präsidium. Zu lange sollte ich auch mit dir nicht den Dienst schwänzen!"

– „Das ist kein Schwänzen, das war im Sinne deines Chefs ein ‚Brainstorming' rein dienstlicher Natur. Und ich fahre dich nicht zurück ins Präsidium, sondern nach Hause, denn dein Dienst ist jetzt beendet. Übrigens war dieses Treffen keineswegs unser ‚undatiertes Date', das ich mir letztlich bei dir erstritten habe," sagte er, während sie ins Auto stiegen, „das steht noch aus".

Claudia zuckte innerlich ein wenig zusammen, denn während sie zuvor auf der Museumsinsel noch eher auf brüderliche Freundlichkeit getippt hätte, schienen ihr die letzten Worte doch ein mehr persönliches Interesse an ihr zu signalisieren, was ihr gar nicht recht wäre. Seine Freundschaft tat ihr gut und die wollte sie auch auf keinen Fall missen, aber zu mehr war sie momentan nicht bereit.

Aber als er sie vor ihrer Wohnung absetzte, war er ganz locker, machte keine Anstalten mit zu ihr hinaufzukommen, sondern strich ihr nur kurz mit einem Finger über ihre Wange und meinte: „Kopf hoch, das wird alles schon wieder und wenn du jemanden brauchst, kannst du Tag und Nacht bei mir anrufen!"

Claudia dankte ihm und schaute ihm erleichtert nach, als er davonfuhr.

18. Aktivitäten im Präsidium

Am nächsten Morgen hielten sie erst einmal ihre morgendliche Lagebesprechung ab. Inzwischen gab es ja einige Personen, die befragt werden mussten und einige, die sie noch nicht so richtig einordnen konnten, wie zum Beispiel Paul Ratowiak, den Leo von Kameren und Claudia bereits ohne nennenswertes Ergebnis befragt hatten. Allerdings konnten sie gerade bei ihm das Gefühl nicht loswerden, dass er mehr wusste als er sagte. Sie beschlossen Wilhelm Dietrich und seine Lebensgefährtin zu verschiedenen Terminen vorzuladen, denn die Spannungen zwischen beiden, sobald es um Wilhelms Kontakte zu jedweder Weiblichkeit ging, waren unübersehbar. Außerdem beschlossen sie, zuerst die Auswertung der Liebesbriefe durch Vera Kuhn abzuwarten, um zu entscheiden, welche der Liebesverhältnisse von Dietrich sie noch vorladen sollten.

Wie auf's Stichwort öffnete sich die Tür und Vera kam mit dem Ordner unter dem Arm herein gefolgt von Leo. Paolo grinste Leo an und meinte: „Was machst du denn schon wieder hier? Hast du kein zu Hause oder hast du deinen Arbeitsplatz gewechselt?“ Leo verdrehte die Augen und zwinkerte Claudia hinter Veras Rücken zu. Bevor er sich aber äußern konnte, zwitscherte Vera schon los: „Ich habe Leo wegen der Briefe hergebeten, dazu braucht man doch auch mal ein männliches Urteil!“

– „Wieso ein männliches Urteil?“ lachte Paolo, „hast du schon mal eine Frau gesehen, die sich von den Männern im Allgemeinen oder Speziellen verstanden fühlte?“

– „Du hast ja keine Ahnung, mein Bester“, Veras Stimme wurde sehr schnippisch, „hier geht es schließlich darum, wie ein Mann auf diese Briefe reagieren würde!“

– „Ach, und wir sind keine Männer? Möchtest du das Gegenteil bewiesen haben?“ Paolo stand auf und nestelte am Gürtel seiner Hose herum.

– „Deine pubertären Entgleisungen kannst du dir für's Schützenfest aufheben. Vielleicht findest du da ein paar Jugendliche, die dich komisch finden. Das vermutlich aber auch nur dann, wenn sie bereits volltrunken sind!" fauchte Vera empört, während Claudia starr auf ihre Unterlagen blickte und sich das Lachen verkniff.

– Richard schaltete sich beschwichtigend ein: „Nun hört schon auf, ich glaube, wir haben Wichtigeres zu tun, als uns hier im Geplänkel zu verausgaben. Was habt ihr denn herausgefunden?"

– „Na ja", meinte Vera etwas besänftigt, „wir sind der Meinung, dass zwei Frauen – neben seiner Ehefrau und Christine Englert – parallel ein Verhältnis mit Wilhelm Dietrich gehabt haben müssen. Karen Kleiber und Lore Nassau. Brigitte Weitz kann man vermutlich ausschalten. Ihre Briefe liegen zu weit zurück, schon lange bevor sich Wilhelm Dietrich und seine Frau räumlich getrennt haben, auch wenn sein Verhältnis zu Brigitte Weitz sich mit seinem Verhältnis zu Karen Kleiber überschnitt. Aber ebenso gibt es von Karen Kleiber und Lore Nassau gleichzeitig Briefe und beide haben darum gekämpft, dass er sich von seiner Ehefrau trennt. Wenn er zudem noch ein Verhältnis mit Christine Englert hatte und sich auch irgendwann zwischendurch um seine Ehefrau kümmern musste, war er mit Sicherheit ordentlich beschäftigt mit den vier Frauen. Und das vielleicht bis zum Zeitpunkt des Mordes. Denn von der Ehefrau wissen wir ja bereits, dass er regelmäßig dort auftauchte. Aus den Briefen kann man ersehen, dass nicht nur Lore Nassau extrem eifersüchtig ist – die Erfahrung habt ihr ja auch schon gemacht – sondern auch Karen Kleiber und die war letztendlich die Verliererin im Kampf um Wilhelm Dietrich. Denn Lore Nassau hat in ihren Briefen heftig auf die Tränendrüsen gedrückt und sich als bemitleidenswertes Opfer dargestellt. So hat sie Wilhelm Dietrich unter Druck gesetzt und in die Verantwortung genommen. Das war recht schlau und hat schließlich ja auch zum Ziel geführt hat. Aber war mit dem offiziellen Einzug von Lore Nassau in Dietrichs Leben auch Karen Kleiber aus dem Rennen? So wie der gestrickt ist, glaube ich das kaum. Außerdem war Lore Nassau die Ehefrau auch nicht los. Die Briefe geben darüber natürlich auch keine Aufklärung, denn sie enden ja mit Wilhems

Auszug aus der ehelichen Wohnung. Und von Christine Englert gibt es überhaupt keine Briefe. Es kann natürlich auch noch sein, dass wir auf einer völlig falschen Fährte herumtapsen, nur weil für uns Wilhelm Dietrich bisher die einzige Verbindung Christine Englerts zu Neuss ist. Am besten ladet ihr auch den Sohn Christoph noch einmal vor und befragt ihn erneut zu der Verbindung seiner Mutter nach Neuss!"

– „Jawohl Chefin", meldete sich Paolo militärisch zackig zu Wort, nachdem er laut hörbar ausgeatmet hatte, „und was hat Leo nun zu dieser Erkenntnis beigetragen?"

– ‚Er kann's nicht lassen', stöhnte Claudia innerlich, wollte sich aber aus neues Mitglied des Teams nicht in die offensichtlichen Zwistigkeiten der beiden einmischen, deren Ursache ihr unbekannt war und die sie auch nicht einordnen konnte. Denn bisher waren die beiden recht gut miteinander klar gekommen.

Stattdessen versuchte wieder Richard zu schlichten und auf die sachliche Ebene zurückzufinden, während Leo das Geplänkel amüsiert betrachtete und sich am Gespräch gar nicht beteiligte.

– „Na", meinte Richard, „dann müssen wir gut die Termine überdenken, zu denen wir sie vorladen, damit wir bei einigen die Reaktionen aufeinander sehen können, während andere sich besser nicht begegnen sollten."

Paolo war inzwischen mit seinem Bürostuhl neben Claudia gerollt, hatte den Arm um sie gelegt und blickte mit dem beseelten Blick eines Cockerspaniels unbeteiligt in die Gegend. Claudia schaute darauf hin leicht verwirrt, weil ihr der Sinn von Paolos neuer Aktion restlos verschlossen blieb. Sie ließ ihn aber gewähren, weil sie ihn nicht bloßstellen wollte und weil ihr klar war, dass es sich hierbei nicht um eine persönliche Annäherung handelte, sondern um einen Zwist, der sich zwischen ihm und Vera abspielte. Sie fühlte sich wie in einem dümmlichen Boulevardstück. Leos Augen zogen sich unmutig zusammen und Vera verlor den Faden, als sie zu einer Erwiderung ansetzen wollte.

Wieder war es Richard, der die Situation bereinigte, indem er keinerlei Reaktion auf die Szenerie zeigte und fortfuhr: „Eigentlich sollte man vor allem Wilhelm Dietrichs Frauen getrennt von ihm; dem Sohn von Christine Englert; den Zeugen, der Christine Englert mit einem korpulenten Mann gesehen haben will und Paul Ratowiak einladen … – Hoppla, ich merke gerade, dass das ja ganz einfach ist, denn wir müssen nur die Frauen zur gleichen Zeit und ebenso alle Männer zusammen hierher bestellen. Und einer von uns, den noch keiner der Beteiligten gesehen hat, beobachtet die Reaktionen der Vorgeladenen aufeinander."

Paolo drückte Claudia einen Kuss auf die Wange und sagte indem er etwas von ihr abrückte: „Haben wir nicht Glück mit so einem klugen Kollegen, er hat den Fall schon fast gelöst. Dann machen wir uns doch gleich an die Arbeit!"

Vera drehte sich auf dem Absatz herum, legte Leo Besitz ergreifend die Hand auf den Arm und gurrte: „Komm Leo, du hast ja gehört, dass die Jungs jetzt arbeiten wollen! Dann gehen wir erst einmal Kaffee trinken. Paolo, ist bei euch schon auf? Schließlich macht Eleni den besten Espresso hier in Neuss!"

„Selbstverständlich, liebe Vera, Eleni wird sich sehr freuen und unsere Espressomaschine ebenso!" gab Paolo Veras Tonfall imitierend zurück.

– „Wunderbar", gurrte Vera weiter, „dann komm Leo, wir haben die Vorarbeit gemacht, dann können die Jungs den Rest schnell erledigen. Tschüss, ihr Lieben", und zog Leo mehr oder weniger zur Tür hinaus, Claudia die ganze Zeit total ignorierend.

– „Mensch, Paolo", lachte Richard, „was war denn das jetzt zwischen dir und Vera? Was hat sie dir denn getan, dass du sie so provozierst? Außerdem wieso schickst du sie heute zu euch, ihr habt doch Ruhetag!"

– In dem Moment steckte Leo den Kopf noch einmal zur Tür hinein, „Paolo, danke! Dass ihr heute geschlossen habt, ist vielleicht meine Rettung. So werde ich vielleicht Vera ohne

Espresso wieder los. Sehen wir uns später noch? Bringt aber Claudia mit!"

– Paolo antwortete: „So weit geht die Liebe nicht, dir bringen wir höchstens Vera mit. Claudias liebreizende Anwesenheit hast du gar nicht verdient."

– Leo lachte: „Das werden wir ja noch sehen, wer hier wen, warum und wann verdient", und machte sich auf den Weg hinter Vera her, die noch ihre Handtasche für das erhoffte Tête-à-tête geholt hatte.

– Richard wandte sich wieder an Paolo: „Los jetzt, raus mit der Sprache, was ist schief gelaufen zwischen dir und Vera?"

– „Nichts was mit ihr oder mir zu tun hat, aber erinnerst du dich daran, als wir und Leo vorgestern am Mittag ohne Claudia, die ja noch arbeiten wollte, bei uns gegessen haben und Vera hereinkam, direkt auf Leo zustürzte und Claudia bei ihm schlecht gemacht hat, weil sie eigenmächtig mit ihrem Besuch bei Amelie Dietrich gehandelt hätte?"

– „Ja sicher, aber sie war doch ganz freundlich und hat gar nichts Böses über Claudia gesagt"

– „Das meinst aber auch nur du! Eleni hat mir hinterher die Augen geöffnet, denn sie hat das Gespräch mitbekommen. Vera hat Claudia so richtig in die Pfanne gehauen bei Leo. Erinnerst du dich nicht, wie sie so gönnerhaft gepetzt hat?" Er imitierte Veras Zwitscher-Stimme: „So eine nette Kollegin, aber ein wenig jung und noch recht ungestüm und hat daher Amelie Dietrich vorschnell eigenmächtig aufgesucht. Na ja, wenn man gerade von seinem Freund abserviert wurde, müssen wir natürlich ein Auge zudrücken!" Claudia zog scharf die Luft ein, als sie hörte, wie Vera versucht hatte sie bei Leo in die Pfanne zu hauen und dabei auch noch ihre persönliche Niederlage ins Feld geführt hatte, aber bevor sie etwas sagen konnte, fuhr Paolo schon fort: „Ohne Eleni hätte ich es vielleicht auch nicht so genau registriert, aber Eleni war so sauer, wie ich sie selten erlebt habe! Übrigens Claudia, wir haben zwar Ruhetag, aber heute Abend kannst du uns ein kleines Abendessen im Kreis der Familie – natürlich auch mit Richard und Leo – nicht abschlagen!"

Claudia war ganz gerührt, dass Paolo sich so für sie ins Zeug gelegt hatte und nickte nur. Nachdem sie einmal tief durchgeatmet hatte, ging sie zu Paolo, der sich mitsamt seinem Bürostuhl wieder an seinen Schreibtisch zurückgezogen hatte, gab ihm auch einen Kuss auf die Wange und meinte: „Wenn du nicht schon so gut mit Familie versorgt wärst, würde ich dich sofort als Bruder adoptieren. Und dich auch, Richard. Aber das Problem ist, ich habe schon zwei Brüder und alles was recht ist, aber vier Brüder schaffe ich nicht! Auf jeden Fall, freue ich mich, dass ich euch hier habe. Neuss wird immer besser!"

– „Holla", meinte Richard, „merkst du was, Paolo, seitdem sie ihren falschen Fuffziger zum Teufel gejagt hat, lebt sich unser kleiner Feuerkopf so langsam ein. Und nach Schützenfest wird sie nie mehr weg wollen! Ich glaube, wir sind richtig überzeugend! Claudia, merkst du was? Wir wollen dich behalten und dafür tun wir alles! Du wirst uns doch nicht enttäuschen, wo selbst Karmug seine Frau aufgeboten hat, um dich auf die Tribüne zu locken?"

– „Oh Gott, du Elender", ulkte Claudia an Richard gewandt, „ich fing fast an, euch zu lieben, aber mit der Tribünendrohung, habt ihr die Romantik völlig zerstört und nun stehe ich hier mit gebrochenen Gefühlen und kann mich nur noch mit dem Gedanken auf den heutigen Abend mit Antipasti vor dem Selbstmord retten!"

Paolo und Richard fingen schallend an zu lachen, als unvermutet Leo den Kopf wieder zur Tür hereinsteckte und sardonisch meinte, „Vera ist leider mit dem Bus auf dem Weg hierher. Da in der Trattoria Paolo heute Ruhetag ist und ich eine dringende Verhandlung beim Gericht in Düsseldorf habe, konnte ich sie leider nicht mehr zurückbringen! Bleibt es bei heute Abend? Na dann bis später. Claudia, bring' Hunger mit, du hast noch keinen privaten Abend bei Paolos Familie in der Küche erlebt, danach brauchst du eine Woche nichts zu essen! Aber ich habe jetzt wirklich eine Verhandlung!" Und weg war er.

19. Italienischer Abend in der Trattoria Paolo

Der Abend bei Paolos Familie wurde ein außergewöhnliches Erlebnis für Claudia. Sie hatte für den Abend eine große Dose selbstgebackene Haselnuss-Cranberry- und Ingwer-Cantuccini eingepackt, die sie nach ihrem Stuttgarter Desaster – wie sie es jetzt nur noch bezeichnete – zu Hause in Tübingen mit Caro gebacken hatte. In Caros Vorstellung war Backen die beste Medizin gegen jegliche Katastrophen und Claudia, der klar war, dass Caro nicht locker lassen würde in ihrem Hilfsprogramm, hatte sich resigniert auf die Backorgie eingelassen. Nun freute sie sich, dadurch ein passendes Mitbringsel für Paolos Familie zu haben und war gespannt, ob ihre selbstentworfenen Cantuccini-Variationen italienische Zungen beleidigen oder ob sie vor den Augen ihrer Gastgeber Gnade finden würden.

Sie wurde mit großem Hallo begrüßt und Eleni fiel Ihr sofort um den Hals und beschwerte sich, dass Claudia sie so lange nicht besucht habe. Auch ihre Cantuccini wurden mit Begeisterung entgegen genommen. Was Claudia nicht wusste war, dass sie durch diese Einladung gleichsam mit der Aufnahme in die Familie Fagiani geadelt worden war. Sie fühlte sich sehr geschmeichelt und gerührt, als es ihr bewusst wurde. Die Speisekarte des Restaurants wechselt jeden Monat und ganz besondere Freunde von Paolo und seiner Familie kamen immer am letzten Ruhetag eines jeden Monats zu einem ‚Jour fixe' zusammen, um die neue Speisekarte für den kommenden Monat zusammenzustellen. Paolos Vater Roberto kreierte die verschiedensten Leckerbissen, angefangen bei den Antipasti über acht bis zehn verschiedene Hauptgerichte bis zu den Desserts. Sie waren die Jury, die probieren, beurteilen, Verbesserungsvorschläge machen – was allerdings fast nie vorkam – oder auch eigene Vorschläge einbringen konnten. Außerdem wurden Weine, Aperitife und Digestife getestet. Und alle gemeinsam stellten sie dann die Monatskarte aus drei Vorspeisen, drei Hauptgerichten und drei Desserts zusammen. Saisongemäß stand der Abend unter dem Motto: Steinpilze und Trüffel.

Sie begannen aber erst mit der Verkostung von Olivenöl, das gerade direkt aus der Toskana bei Roberto eingetroffen war. Roberto erklärte Claudia, dass er das Öl von seinen Freunden – der Familie Lo Franco – beziehe, die dort Ende der 1970er Jahre das Landgut Ca' dell'Oro gekauft hatte. Daraus wurde in vielen Jahren harter Arbeit und unter Zukauf einer ganzen Reihe weiterer verlassener Landhäuser die ‚Fattoria La Vialla' – ein Verbund von Landhäusern – und ein erfolgreiches landwirtschaftliches Unternehmen. Heute stellten sie im Familienverband mit vielen Helfern aus der Region eine große Anzahl von Produkten her, die mit zahlreichen Preisen ausgezeichnet worden waren: das schmackhafte Olivenöl, wunderbare Pecorinos von eigenen Schafsherden, Weine von den eigenen Weinbergen, Nudeln, Brot und Gebäck aus selbstangebautem und gemahlenem Weizenmehl und vieles andere mehr nach streng kontrollierten biodynamischen und ökologischen Grundsätzen. – Roberto redete sich in eine echte italienische Begeisterung hinein und schwärmte auch von den liebevoll restaurierten Landhäusern der Familie Lo Franco, in denen Gäste Urlaub machen und nach Wunsch und Laune auch an der Arbeit und den Festen der Fattoria La Vialla teilhaben können.

Claudia war fasziniert von Robertos Erzählungen über die Großfamilie Lo Franco und begeistert von den Produkten, die sie probieren durfte. Roberto hatte für die Crostini sowohl eigene als auch nach Giuliana Lo Francos Rezepten Saucen vorbereitet, die er zur Einstimmung auf den kulinarischen Abend seinen Gästen anbot.

Die Veranstaltung fand in der Küche des Restaurants statt und dauerte bis spät in die Nacht. An diesem Abend waren ungefähr zehn ‚Vorkoster' für die Karte im September zusammen gekommen. Weil der letzte Ruhetag des Monats in die

Schützenfestwoche gefallen wäre, wurde der sogenannte ‚Speisekartentag' im August immer vorverlegt.

Besonderen Spaß machte Claudia Antonio, der Bruder von Roberto. Antonio war ein italienischer Charmeur alter Schule und wollte Claudia unbedingt beibringen, wie man Tarantella tanzt. Aber immer wenn er anfing, ihr die ersten Tanzschritte beizubringen, war gerade ein neues Probegericht fertig und sie mussten probieren und bewerten. Antonios Frau Teresa, die das Klischee der italienischen Mama überzeugend ausfüllte und schon bei Paolo und Eleni, die ebenso wie Claudia ihre Mutter schon früh verloren hatten, die Mutterstelle vertreten hatte, nahm Claudia sofort unter ihre Wahlverwandtschaft auf. Sie nahm sie in den Arm und raunte Claudia in einer Tanz- und Esspause zu: „So geht es Antonio immer, irgendwie hat er stets die besten Absichten, aber so recht kann er nie bei einer Sache bleiben, daher haben wir vermutlich auch keine Kinder bekommen. Danke, dass du so geduldig mit einem alten Mann bist, er wird bis zum nächsten Speisekartentag davon zehren und ganz vergnügt sein. Dann wird er dir wieder die Tarantella beibringen wollen. Du musst aber nicht immer so nett mitmachen, wenn du lieber mit deinen jungen Freunden zusammen sein willst. Und wenn du wirklich lernen willst, wie man Tarantella tanzt, kann ich dir helfen. Antonio ist ein guter Tänzer, bloß leider ein ebenso begeisterter wie schlechter Lehrer!" – Claudia drückte Teresa und sagte ihr, dass es ihr viel Spaß mache, von Antonio Tanzunterricht zu bekommen, sie aber gerne auf ihr Angebot zurückkommen wolle. Dann bat sie Antonio, ihr doch die Tarantella mit Teresa vorzutanzen, damit sie mal sehen könne, wie Tarantella richtig getanzt werden müsse. Es wurde ein Erlebnis für sie alle und die fröhliche Runde beschloss, dass in den nächsten Jour fixe – auch wenn die kulinarischen Genüsse an erster Stelle stehen sollten – unbedingt ein kleiner Tanzkurs von Antonio und Teresa eingebaut werden müsse.

An diesem Abend bemerkte Claudia zum ersten Mal Richards Interesse an der rassigen Eleni. Immer wieder standen sie gemeinsam etwas abseits der Runde und lachten und tuschelten. ‚Wie die Teenager', lächelte Claudia innerlich, ‚aber ein schönes Paar wären sie schon'.

Der Abend endete, als die Karte für den nächsten Monat die Zustimmung aller Teilnehmer gefunden hatte mit einer großen, fröhlichen Aufräum- und Putzorgie. Claudia fragte Roberto nach einigen Rezepten, die sie an diesem Abend gekostet hatte. Nicht, dass sie sie selber zubereiten wolle. Aber Caro, die eine große Liebhaberin der italienischen Küche sei, würde sich sehr darüber freuen. Roberto versprach ihr die Rezepte, aber einen guten Tipp könne er ihr noch geben, einige der Leckerbissen – wie zum Beispiel Nudelsaucen, Saucen für Crostinis etc. – könne Sie von der Familie Lo Franco direkt beziehen. Er werde das nächste Mal gerne etwas für sie mit bestellen, was sie dann Caro neben den Rezepten beim nächsten Besuch in Tübingen schenken könne.*

Leo, der sich an diesem Abend wie ein großer Bruder ihr gegenüber verhalten hatte, bot ihr an, sie mit dem Taxi nach Hause zu bringen. Claudia wollte erst ablehnen, akzeptierte sein Angebot dann aber gerne, als er ihr sagte, dass das kein großer Umweg für ihn sei.

„Na, Kleine", meinte er im Taxi zu ihr und sah sie sinnend an, „hast du den Abend denn ein bisschen genießen können?"

Sie waren beide etwas angetrunken. Claudia schaute ernsthaft zurück und antwortete: „Aber ja, Papi", und fing an zu lachen.

„Na, hör' mal," entgegnete er ihr zum ersten Mal an diesem Abend in seinem – ihr bereits wohlbekannten – Flirttonfall: „‚Papi', das wird ja immer schöner. Da will ich fürsorglich und aufmerksam sein – auch wenn mir ganz anders zu Mute ist – und schon bin ich bei der alten Garde gelandet!"

---

* Claudias Lieblingsrezepte und die Adresse der Fattoria La Vialla finden sich im Anhang dieses Buches

Der Alkohol bewirkte, dass sie auf den Ton einging: „Ach so ist das, alles Täuschung und Verstellung! Da wird mir selbstverständlich sofort auch ganz anders zu Mute!"

„Na dann will ich wohl hoffen, dass sich unser beider ‚zu Mute' ergänzt! Das könnte ja dann noch heiter werden!"

Claudia fühlte sich schlagartig nüchtern, trotzdem blieb sie bei dem leicht frivolen Tonfall als sie antwortete: „Na, heiter hatten wir es ja schon heute Abend. Noch heiterer wäre übertrieben, das verschieben wir lieber nach hinten!"

Leo lache: „Gut, dann erübrigen sich alle weiteren Fragen für heute, wir sind nämlich bei deiner Wohnung." Damit nahm er ihre Hand, führte sie zu ihrer Haustür, deutete theatralisch einen Handkuss an und verabschiedete sie mit den Worten: „Macht's gut, edle Dame, ich blicke einem Wiedersehen in Demut entgegen!"

Bevor Claudia noch etwas erwähnen konnte, war er schon wieder im Taxi und fuhr mit fröhlichem Winken davon. Claudia marschierte amüsiert und nachdenklich in ihre Wohnung. Wie schon zuvor war sie sich nicht sicher, ob er mit ihr flirtete, oder sie nur erheitern wollte. Den ganzen Abend war er nett, lustig und unkompliziert gewesen, hatte sich aber nicht speziell um Claudia bemüht. Erst im Taxi hatte er angefangen mit ihr zu flirten. Claudia gestand sich ein, dass ihr seine Flirtattacken gut gefielen, so wie auch Leo ihr immer sympathischer wurde, aber konnte sie sich mehr als nur Freundschaft mit Leo vorstellen? Darüber war sie sich selbst noch nicht im Klaren. Aber an diesem Abend wollte sie sich darüber auch keine Gedanken mehr machen, sondern bloß noch entspannt und vergnügt schlafen gehen.

20. Vera gegen den Rest der Welt

Der nächste Morgen begann wieder mit einem kurzen Besuch bei Marlene. Claudia hatte am Vortag eine große Tüte Butterbrezeln bestellt, die sie als Katerfrühstück für die Kollegen mitbringen wollte. Das war etwas Neues für sie: Eine so familiäre Atmosphäre in ihrem Team kannte von Tübingen her nicht. Dort hatten sie durchaus eine angenehme Atmosphäre gehabt, aber bei weitem nicht so familiär. Das war vielleicht typisch für das Rheinland und für sie selbst eine wirkliche Hilfe, sich hier einzuleben. Marlene war natürlich ein ganz spezieller Glücksfall, wie auch Paolos Schwester Eleni. Bei beiden hatte sie das Gefühl, gute Freundinnen gewonnen zu haben, zu denen sie mit jeglichen Problemen kommen konnte. Neuss hatte ihr bisher nur Gutes gebracht und sie nahm sich vor, auch dem Schützenwesen gegenüber etwas unvoreingenommener zu werden. Das jedoch fiel ihr schwer, wie sie sich selbst schmunzelnd eingestand. Mit Marlene verabredete sie sich nach Dienstschluss zu einem Plausch. Denn gerade Marlene wollte sie auf keinen Fall vernachlässigen, da diese ihr die ersten Tage in Neuss so erleichtert hatte und ihr daher sehr ans Herz gewachsen war. Zudem war sie eine hervorragende Kennerin der Neusser Gesellschaft und konnte ihr bestimmt noch viele gute und lebenskluge Tipps geben.

Im Büro wurden ihre Brezeln von den Kollegen mit großem Hallo begrüßt. Sie selbst wurde erst einmal kritisch unter die Lupe genommen und als man sie fragend ansah, meinte Richard: „Wir müssen prüfen, ob du letzte Nacht brav geblieben bist, oder ob du deinen heißesten Verehrer in dein Kämmerlein eingelassen hast!“ Claudia errötete und wollte auffahren, als sie sah, dass die Türe sich geöffnet hatte und Vera sie anblickte: „Meine Güte, stinkt das hier nach Knoblauch“, keuchte sie und zu Claudia gewandt: „Wie hältst du das bloß aus?“

– „Vermutlich“, lachte Paolo, „weil sie genauso stinkt wie wir!“

– Veras Blick wurde unruhig: „War gestern etwa euer Speisekartentag? Na dann können ja eure Verdächtigen dankbar sein, dass sie heute nicht vorgeladen sind, sonst hättet ihr den einen oder anderen mit Atemlähmung in die Notaufnahme bringen müssen!“

– „Ja, was ein Glück für unsere Kandidaten. Aber vielleicht hätte sich der Mörder aus Verzweiflung selbst gestellt und wir wären diesen leidigen Fall los! Ich denke sowieso, dass es eine Frau gewesen sein muss, ein Mann hätte uns vor dem Schützenfest so etwas niemals angetan!“

– Claudia verdrehte die Augen als Paolo zu ihr gewandt fortfuhr: „Verdreh nicht die Augen, meine Schöne, die edelsten Schützenbrüder sind bereit, sich zu duellieren, um dich unter ihre Fittiche nehmen zu können und dir den Sinn des Schützenwesens nahezubringen .... Na, nehmen wir mal Richard aus, der sich als Troubadour meiner Schwester herausmausert, der hat gar nicht genug Fittiche, um zwei so temperamentvolle Hühner wie euch beide darunter zu nehmen! Und du Richard, gebärde dich nicht wie ein aufgebrachter Gockel, wenn du nicht gestern meine Schwester angebalzt hast, dann weiß ich es nicht. Und Eleni hat ‚Volare, cantare’ gesungen, als sie gestern ins Bett ging! Das war mehr als eindeutig! Und eindeutig, mein liebes Rotkäppchen“, und damit wandte er sich wieder an Claudia, „ist auch, dass der Rest der Männer, heiratsfähige wie altersdemente, dich angeschwärmt haben! Ich sage nur: Tarantella mit Onkel Antonio in der Gasthausküche und das auch noch mit Hilfe von Tante Teresa! Und hinterher hättest du die enttäuschten Blikke deiner anderen Verehrer sehen sollen, als es Leo gelang, dich nach Hause bringen zu dürfen!“

Claudia hatte versucht, Paolo mit drohenden Blicken davon abzuhalten, das auch noch vor Vera hinauszuposaunen. Denn auch wenn Paolo immer noch empört über Veras Intrige gegen Claudia war, ging ihr das ein bisschen zu weit. Jedem hier war schließlich klar, dass Vera in Leo den Mann ihrer Träume sah.

Und wenn Paolo ihr dadurch eins auswischen wollte, indem er Leos Namen mit ihr, Claudias, in Verbindung brachte, würde Vera Ärger vermutlich eher sie als Paolo selbst treffen.

– „Na, was habt ihr doch alle für ein Glück, dass ich für lange Zeit von Männern genug habe und das vermutlich so lange, bis ich als alte Jungfer und gute Tante die Brut meiner Brüder hüten darf, wenn die es sich mal mit ihren zukünftigen Gattinnen nett machen wollen. Da seid ihr doch alle vor mir sicher und meinem Temperament!" versuchte Claudia die Situation zu entspannen und richtete jetzt das Wort an Vera: „Magst du vielleicht auch eine Butterbrezel? Sie sind ganz frisch!"

– „Ja danke, die kann ich jetzt brauchen. Mit deinen Beziehungen zur Bäckerinnung müssen dir die Männer ja zu Füßen liegen", erwiderte Vera sehr spitz und mit den Worten: „Mir scheint allerdings, dass ihr alle noch etwas ‚knülle' seid!" stob sie mit dem hoheitsvollen Blick einer Königinmutter zur Tür hinaus.

– „‚Knülle'?" Claudia blickte verwirrt in die Runde, „das klingt für mich irgendwie unanständig".

– Richard grinste: „Da siehst du wie wichtig es ist, wenn man Fremdsprachen kann. Besonders wenn man sich in solch unzivilisierten Gegenden niederlässt, in denen die Männer mittelalterlichen Kriegsspielen huldigen! ‚Knülle' heißt nichts anderes als ‚angetrunken' oder ‚betrunken'! Aber davon abgesehen, so schlimm kann es mit unserem Knoblauchgestank ja nun auch nicht sein, wenn Vera es so lange hier ausgehalten hat."

– „Na, sie war halt wissbegierig, aber deshalb müsst ihr sie nicht ständig ärgern. Irgendwann werdet nicht ihr, sondern ich das zurückbekommen! Also lasst sie doch ein wenig in Ruhe", Claudia wollte weitere Gespräche dieser Art vermeiden.

– „Ja, und wenn wir das tun," meldete sich Paolo wieder zu Wort, „dann zieht sie demnächst hier ein, sooft wie sie hier sowieso schon herumhängt!"

Den Rest des Tages bereiteten sie sich auf die Befragungen am nächsten Tag vor und auf dem Weg nach Hause besuchte

Claudia Marlene. Wie jedes Mal wurde es sehr gemütlich und als Claudia von ihrem Abend bei Paolos Familie erzählte, an dem die neue Speisekarte für den Monat September kreiert worden war, bekam Marlene große Augen und bestätigte Claudia, dass sie dadurch in der Neusser Hierarchie ja schon ganz schön hoch aufgestiegen sei. Denn zu diesem Kreis zu gehören, wünschten sich viele. Marlene erklärte ihr, dass es einen sogenannten ‚inneren Kreis' und einen ‚äußeren Kreis' gibt. Der ‚äußere Kreis' bestehe aus denjenigen, die nicht selbstverständlich dazu gehören. Das seien besondere Gäste – z. B. wichtige Leute der Gesellschaft, Politik etc. – die extra dazu eine Einladung bekämen. Der ‚innere Kreis' dagegen seien diejenigen, die sozusagen von Paolos Familie adoptiert worden seien und die jedes Mal dabei sein dürften. Da sei es doch wohl klar, dass Vera Kuhn vor Neid Gift und Galle spucke, wenn Claudia schon kurze Zeit nach ihrer Ankunft in Neuss bereits in den Familienkreis aufgenommen worden sei.

Aber auf jeden Fall – tröstete Marlene – solle sie Vera nicht zu ernst nehmen und am besten in keiner Weise auf Veras versteckte oder offene Angriffe reagieren, sondern immer freundlich und distanziert bleiben. Die Reaktionen von Richard und besonders Paolo seien schon Strafe genug für sie. Bisher habe sie bei den Männern keine Konkurrenz für sich gesehen. Claudias Vorgänger im Team sei auch ein Mann gewesen und da konnte sich Vera als weiblicher Star der Truppe fühlen.

Claudia verstand schon, dass es schwer für Vera sein musste, sie jetzt als weibliche Kollegin zu akzeptieren und sie fand den Rat von Marlene sehr hilfreich, denn wenn sie die Angriffe und kleinen Seitenhiebe von Vera an sich abprallen ließe, so dass sie in Leere liefen, würde sie es vermutlich bald aufgeben. Es war im Sinne ihrer weiteren Zusammenarbeit sicher die beste Lösung, denn Vera konnte bei der KTU die Weitergabe von Ergebnissen an Claudia beschleunigen oder verzögern. Und letzteres könnte sich als unangenehmes Resultat dieses Konkurrenzkampfs herausstellen, den Vera aus Eifersucht offenbar bereit war zu beginnen.

21. Die Befragung der Verdächtigen

Am nächsten Morgen waren Claudia und ihre Kollegen ziemlich angespannt. Für Claudia war es eine ähnliche Anspannung wie zu Beginn einer Reise in unbekannte Gefilde. Sie besprachen noch kurz ihre Ziele und erklärten einer jungen Kollegin, die die Geladenen beobachten solle, worauf es ankomme. In diesem Moment betrat Rainer Karmug den Raum, jovial lächelnd wies er sie erneut darauf hin, dass sie mit äußerster Diskretion und Höflichkeit bei der Befragung besonders von Wilhelm Dietrich und Lore Nassau vorgehen möchten. Dietrich sei nicht nur eine bekannte Persönlichkeit der Neusser Gesellschaft, sondern kenne auch noch den Bürgermeister aus seiner Schulzeit.

Claudias Blick hatte sich zusehens verdüstert und als Karmug nach seiner Ansprache den Raum verlassen hatte, sagte sie zu den Kollegen: „Am besten sollten wir aus Gründen der Staatsraison den Schuldigen laufen lassen und irgendeinen unschuldigen No-Name-Penner zum Schuldigen erklären, nur weil der vielleicht nicht mehr genau sagen kann, wo er sich am Abend des Mordes aufgehalten hat. Vielleicht suchen wir am besten einen, der – wie im Film ‚Im Kittchen ist kein Zimmer frei' mit Jean Gabin – unbedingt ins Gefängnis möchte, nur weil der Winter vor der Tür steht und er für diese Zeit gut untergebracht sein möchte. Damit wäre doch allen gedient. Funktioniert so euer berühmter ‚Klüngel'?"

Richard schaute sie sinnend an, bevor er antwortete: „Claudia, du musst wesentlich älter sein, als in deinen Papieren steht, wenn dir dieser alte Film noch in Erinnerung ist. Aber der rheinische Klüngel hat nicht nur in Köln Tradition, sondern es gab ihn auch hier immer schon. Bereits im Mittelalter teilten die wenigen Reichen und damit eben einflussreichen Familien die Macht im Neusser Rathaus unter sich auf. Bestimmungen und verfassungsmäßige Rechte spielten keine Rolle, da eine einträgliche Vetternwirtschaft grassierte. Vornehmlich die Zunft der Brauer und Weinkaufleute waren daran beteiligt, was natürlich auch nicht zu ihrem finanziellen Nachteil war. Denn die Besteuerung von Wein und Bier, deren Ein- und Ausfuhr, die Belieferung der Gasthäuser wie auch die Veranstaltung ausgiebiger Festmähler auf Stadtkosten, bei denen sie ihren eigenen Wein oder ihr eigenes Bier verzehrten, lag alles in ihrer Hand. Du musst zugeben, Claudia, das war doch sehr praktisch und du siehst auch, dass schon im Mittelalter alkoholische Getränke eine große Rolle hier in Neuss spielten. Ist es da ein Wunder, dass hier das Schützenfest bis heute in hoher Blüte steht?"

– „Ach so", nickte Claudia, „na dann – im Sinne des ungetrübten Genusses und eines kontinuierlich angehobenen Alkoholspiegels im Blut der Neusser während des Schützenfests – sehe ich den Zweck und Nutzen des Klüngels selbstverständlich ein. Wie ist es, sollen wir unsere Verdächtigen und Zeugen direkt nach Hause schicken und uns dafür auf die Suche nach einem passenden Unschuldigen ohne Alibi machen? Mit etwas Phantasie dichten wir ihm ein schönes Motiv an und schon ist das Schützenfest gerettet!"

– „Hurrah, jetzt hat sie's", schmetterte Paolo in Anlehnung an das Musical ‚My Fair Lady'.

– „Na, so up to date bist du ja nun auch nicht mit deinen kulturellen Einlagen, mein lieber Kollege!" lachte Claudia, „Richard, was sagst du nun? Wenn du in unsere Reifestufe eintreten willst, solltest du wenigstens ‚Mein kleiner grüner Kaktus' zum Besten geben können!"

– „Seid nicht so albern", lachte der, „gleich geht's los. Also konzentriert euch und findet zum nötigen Ernst zurück, damit uns wenigstens unsere Verdächtigen beziehungsweise Zeugen ernst nehmen können!"

Es wurde mit Wilhelm Dietrich anfänglich ein recht zähflüssiges Gespräch, in dem er immer wieder ablenkte und auf gemeinsame Bekannte aus der Neusser-Bürger-Schützengesellschaft zu sprechen kam und so tat, als sei er zum Small Talk eingeladen. Zu allem Überfluss schneite Rainer Karmug noch einmal wie zufällig herein, begrüßte Wilhelm Dietrich überaus herzlich und hielt sie zusätzlich von der Befragung ab. Als Karmug endlich mit einem mahnenden Blick in die Runde abzog und einem betont fröhlichen: „Kollegen, gehen Sie mir gut mit Herrn Dietrich um und halten Sie ihn nicht zu lange auf. Die letzten Tage vor dem Schützenfest hat er sicher noch viel mit den Vorbereitungen zu tun!“ konnte Claudia kaum noch an sich halten und zum ersten Mal während dieser Befragung ergriff sie das Wort:

– „Herr Dietrich, selbstverständlich wollen wir Sie nicht allzu lange von Ihren Pflichten abhalten, auch deshalb haben wir Sie getrennt von ihrer Lebensgefährtin, Frau Nassau, vorgeladen. Davon abgesehen haben wir ja auch noch andere Zeugen hierher gebeten unter anderem den Sohn der Toten, die alle bereits draußen auf ihre Befragung warten“. Als Claudia den Sohn von Christine Englert erwähnte, wurde Wilhelm Dietrich merklich angespannt.

– „Ach, der Sohn von Christine Englert ist auch hier? Ich würde ihn sehr gerne kennenlernen“. Er zögerte: „Auf Grund seines Alters überlege ich schon die ganze Zeit, ob er nicht mein Sohn sein könnte. Nur hätte Christine mir das nicht erzählt?“ Diese Frage schien ihn so sehr zu beschäftigen, dass er jegliche Zurückhaltung fallen ließ.

– Claudia stellte die Gegenfrage: „Warum sollte sie es Ihnen erzählen, wenn Ihre Beziehung so locker gewesen ist und dazu schon so lange Geschichte?“

– Dietrich schien die eventuelle verwandtschaftliche Beziehung zu Christoph Englert so wichtig zu sein, dass er sich zur Offenheit entschloss: „Na ja, vorbei war diese Beziehung eigentlich nur einmal vor vielen Jahren – das muss ungefähr zu der Zeit gewesen sein, als sie ihren Sohn bekommen hat. Ich konnte Ihnen in Gegenwart von Frau Nassau nicht offener darüber erzählen, weil sie sehr eifersüchtig sein kann. Aber, meine Herren“, und damit richtete er mit Verschwörermine das Wort direkt und ausschließlich an Richard und Paolo, „man weiß ja, wie das ist, immer nur die gleiche Partnerin, das macht das Leben doch eintönig. Und man ist im eigenen Heim ja auch viel ausgeglichener. Das eine hat doch mit dem anderen gar nichts zu tun!"

Claudia hatte das Gefühl, dass sich ihr die Nackenhaare aufstellten, aber bevor sie vor Wut – die man ihr deutlich ansehen konnte – aus ihrer Rolle fallen konnte, ergriff Richard, der ja immer der gelassene und überlegte Taktiker ihrer Truppe war, das Wort und rettete die Situation, indem er auf Dietrichs letzten Satz erwiderte: „Na, ich glaube, mit dieser recht freien Ansicht stehen Sie hier alleine da und ob Ihre diversen Partnerinnen Ihnen da zustimmen würden, halte ich auch eher für fraglich. Aber zurück zum Thema. Sie hatten also noch regelmäßigen Kontakt zu Christine Englert. Es ist klug von Ihnen, das jetzt endlich zuzugeben, denn wir haben einen Zeugen, der glaubt, Sie vor kurzem zusammen gesehen zu haben und der Sie daher auch vermutlich wiedererkennen würde, denn er hat Sie recht gut beschrieben."

– Wilhelm Dietrich schaute an sich herunter und schmunzelte: „Bei meiner raumfüllenden Figur eher wahrscheinlich!"

– ‚Oh', dachte Claudia, ‚er hat also Humor und kann über sich selber Witze machen'.

– Richard, dem Paolo und sie jetzt die Befragung überließen – schließlich war er von ihnen auch der Dienstälteste – schmunzelte auch: „Wie haben Sie es eigentlich geschafft, die Beziehung so lange geheim zu halten? Wo haben Sie sich mit Frau Englert aufgehalten, wenn sie bei Ihnen zu Besuch war? Schließlich sind Sie ja in Neuss relativ bekannt!"

– „Na ja, ich habe ein Appartement, das mir hin und wieder zur Verfügung steht, und dann ist ja Düsseldorf nicht weit. Dort kann man sich relativ unerkannt bewegen, wenn man weiß, wo man hingehen soll."

– Jetzt mischte Claudia sich wieder ein: „Herr Dietrich, darf ich Sie fragen, wie Sie das mit Ihren anderen Beziehungen gehandhabt haben?"

– Wilhelm Dietrichs Blick wurde sehr unsicher: „Von welchen anderen Beziehungen sprechen Sie?"

– „Sie sollten schon etwas kooperativer sein, Herr Dietrich", bemerkte Claudia scharf, „Können Sie sich nicht denken, dass wir auch Ihre Ehefrau befragt haben? Sie haben sie doch auch sehr regelmäßig dienstags oder donnerstags aufgesucht. Und was war mit Frau Kleiber? Ihre Ehefrau hat uns einen Ordner mit Liebesbriefen ihrer diversen weiblichen Bekanntschaften überlassen."

– Jetzt verlor Dietrichs Gesicht endgültig den überlegenen jovialen Ausdruck: „Ja, Sie haben schon recht, ich hatte zu allen Frauen bis heute Beziehungen, aber dass Amelie mir so in den Rücken fällt –, das hat sie ja noch nie gemacht!"

– „Na ja, vermutlich hat auch die Loyalität einer mehr oder weniger abgelegten Ehefrau ihre Grenze bei Mord, besonders wenn der Ehemann illoyal wird und die Scheidung einreicht!"

– „Wieso die Scheidung?" jetzt fiel Dietrich sichtbar aus allen Wolken, „Davon weiß ich nichts, das kann nur Lore mit ihrem Schwager Mark Katschek, der ist Rechtsanwalt, ausgeheckt haben! Jetzt verstehe ich so einiges!" Wilhelm Dietrich wurde wieder sehr nachdenklich, zuckte dann die Achseln und sprach weiter, jetzt allerdings mit recht gepresster Stimme: „Ja, zu Karen Kleiber habe ich auch seit vielen Jahren eine – inzwischen allerdings recht sporadische – Beziehung. Ich wollte mein Leben damals in geordnete Bahnen lenken als Amelie und ich uns – zumindest räumlich – getrennt haben, aber ich habe es nicht hinbekommen. Karen hat so viel für mich aufgegeben, da konnte ich sie doch nicht im Stich lassen und ebenso wenig Christine Englert! Und Amelie war eben meine Frau, sie hatte mir ja nie etwas getan und blieb immer mein ruhender Pol!"

– Claudia bemerkte zynisch: „Sie Ärmster, ich sehe schon, da hatten Sie es ja wirklich nicht leicht! Um die erkennungsdienstliche Untersuchung kommen Sie aber trotzdem nicht herum, denn wir müssen die verschiedenen Spuren an der Leiche zuordnen können!"

– Wilhelm Dietrich nickte: „Sicher, das kann ich mir denken. Aber werden Sie dann auch herausfinden, ob der Sohn von

Christine mein Sohn ist?" Diese Frage beschäftigte ihn offensichtlich sehr.

– Richard übernahm jetzt wieder das Gespräch: „Diesbezüglich müssen Sie sich schon mit Christoph Englert selbst auseinandersetzen. Wenn das in irgendeiner Weise zur Aufklärung des Todes von Frau Englert beitragen könnte – das sehe ich hier allerdings nicht –, wäre das etwas anderes. Wie gesagt, das müssen Sie schon mit Christoph Englert selbst klären, es kann ja auch sein, dass die Frage der Vaterschaft gar nicht besteht. Aber noch eine Frage, Herr Dietrich, das Appartement, von dem Sie vorhin sprachen, muss natürlich auch von der Spurensicherung untersucht werden. Darüber sollten Sie uns auch noch weitere Auskünfte geben!"

– Jetzt wand sich Dietrich sichtlich und fragte, ob das denn notwendig sei, denn er habe das Appartement von einem Freund zur Verfügung gestellt bekommen und sich seinem Freund gegenüber verpflichtet, das diskret zu behandeln.

– Hier schaltete sich Paolo zum ersten Mal in das Gespräch ein: „Kann es sein, dass es sich dabei um ein Appartement von Paul Ratowiak handelt? Soviel wir wissen, besitzt er einige Appartements hier in Neuss, die er stundenweise – sicherlich nicht zu seinem finanziellen Nachteil – gewissen Damen zur Verfügung stellt! Aber falls Sie uns keine Auskunft darüber geben wollen, können wir ihn ja gleich selbst befragen. Er müsste schon draußen warten!"

– Dietrich sank in sich zusammen und murmelte nur, dass er dazu momentan nichts weiter sagen wolle.

Da hier im Moment nicht mehr zu erwarten war, entließen sie ihn, wohl wissend, dass inzwischen Paul Ratowiak, Christoph Englert und ebenso der Zeuge, der Dietrich mit der ermordeten Christine Englert gesehen haben wollte, eingetroffen waren und Wilhelm Dietrich allen begegnen musste. Die junge Polizistin, die das Zusammentreffen beobachten sollte, war natürlich auch in der Wartezone postiert.

Nach einer kurzen Wartezeit wurde zuerst der Zeuge Adolf Kamczyk hereingerufen. Er war zwar nach Dietrichs Aussage nicht mehr von Nöten, aber er bestätigte sofort, dass Dietrich der Mann sei, den er mit Christine Englert gesehen habe. Bei Adolf Kamczyk handelte sich um einen sehr kultivierten, eleganten älteren Herrn, dessen äußerst gepflegte Sprache Claudia beeindruckte und sofort für ihn einnahm.

Paul Ratowiak, der danach hereingebeten wurde, war kurz von Wilhelm Dietrich begrüßt worden, wobei Dietrich fast unmerklich den Kopf schüttelte, wie die junge Polizistin später den Kollegen erzählte. Danach wandte sich Dietrich sofort Christoph Englert zu, dem er sich vorstellte und ihn um ein Gespräch am Nachmittag bat.

Die Befragung von Paul Ratowiak schloss erwartungsgemäß die Lücke, die sich bei der Befragung von Dietrich noch offengeblieben war. Er war sehr kooperativ und gab sofort zu, dass er Dietrich für seine gelegentlichen Treffen mit seinen diversen Damen ein Appartement auf dessen Bitte zur Verfügung gestellt hatte. Dieses Appartement stehe normalerweise Damen aus dem horizontalen Gewerbe zur Verfügung. Dietrich verwalte seine Appartements in Neuss und habe daher den Überblick darüber, welches Appartement zur Verfügung stehe und er daher selbst nutzen konnte. Damit sei ihnen beiden gedient gewesen. Außerdem sei Dietrich hin und wieder mit diversen Damen in seinem Club in Düsseldorf aufgetaucht. Aber da er selbst auf die Damen weniger geachtet habe, könne er darüber keine Auskunft erteilen. Die Ehefrau von Wilhelm Dietrich habe er allerdings nie zu Gesicht bekommen. Lore Nassau habe er vielleicht irgendwann einmal gesehen, aber das wisse er nicht und wenn, dann müsse das auch sehr lange her sein. Auch Paul Ratowiak war sofort bereit, die erkennungsdienstlichen Maßnahmen durchführen zu lassen.

Als sie ihre Befragungen für diesen Morgen beendet hatten, ließ Claudia erst einmal theatralisch mit einem lauten Aufstöhnen ihren Kopf auf ihre verschränkten Hände auf dem Schreibtisch sinken und hauchte: „Sodom und Gomorra im ehrenwerten Neuss. Und das mir!"

– Paolo entgegnete sofort: „Nun tu' mal nicht so unschuldig. Du bist doch heilfroh, dass jetzt endlich ein wenig mehr Bewegung in die Angelegenheit kommt und der wüste Wilhelm Dietrich noch wüster ist, als du gedacht hast und damit ein noch schöneres Feindbild abgibt, als du dir überhaupt hast vorstellen können!"

– „Stimmt", lachte Claudia, „alle meine Vorurteile haben unsere Zeugen von heute morgen voll bestätigt. Und wenn jetzt noch die Damen heute Nachmittag meine Erwartungen erfüllen, dann war das doch ein Erfolg auf der ganzen Linie für uns. Wir müssen dann nur noch sehen, was wir daraus machen und wie das alles zusammenhängen könnte!"

Lore Nassau, die am Nachmittag bestellt war, kam zum Erstaunen aller in Begleitung ihres Rechtsanwalts Mark Katschek. Sie versuchten ihr klar zu machen, dass sie hier nur als Zeugin und nicht als Verdächtige befragt werden sollte, aber sie bestand auf der Anwesenheit ihres Rechtsbeistands. Gewichtig betonte sie noch, dass auch er im Schützenverein ‚ihres Mannes' eine Rolle spiele, wobei sie besondere Betonung auf die Formulierung ‚meines Mannes' legte. Was sie aber damit in Bezug auf den Fall oder ihre Befragung sagen wollte, blieb Claudia allerdings verborgen. Claudia überließ die Befragung erst einmal völlig ihren Kollegen und machte sich vor allem Notizen, da sie schon bemerkt hatte, dass Lore Nassau ihr gegenüber – genau wie vermutlich auch allen andern jungen und attraktiven Frauen – eine gewisse Aggressivität an den Tag legte, während sie Richard und Paolo gegenüber zwischen Herablassung und etwas plumper Koketterie schwankte. Mark Katschek, den sie als Beistand mitgebracht hatte, versuchte wichtig und jovial zu wirken, hielt sich aber dann völlig im Hintergrund. Schnell fanden die Kollegen heraus, dass Lore Nassau in Wilhelm Dietrichs Aktivitäten außerhalb ihrer Beziehung keinerlei Einblick zu haben schien. Sie bestritt sogar vehement, dass er noch irgendwelche Kontakte zu seiner Ehefrau habe. Daher wolle er sich ja auch jetzt scheiden lassen.

Als sie aber von Richard, der wiederum die Befragung übernommen hatte, darauf aufmerksam gemacht wurde, dass Wilhelm Dietrich von seiner eigenen Scheidung bis vor wenigen Stunden nichts gewusst zu haben schien, bröckelte die Fassade sowohl bei Lore Nassau als auch bei Mark Katschek. Richard und Paolo unterbrachen deren unsichere Erklärungsversuche, indem sie ihnen sagten, dass ihr Vorgehen ihnen zwar einen gewissen Einblick auf ihren Charakter und auch auf die anwaltliche Berufsauffassung des Rechtsanwalts vermittle, aber das sei nicht ihre Angelegenheit und darüber seien sie nur Wilhelm Dietrich Rechenschaft schuldig, aber nicht ihnen.

Tatsache sei allerdings, dass Wilhelm Dietrich sowohl zu seiner Ehefrau Amelie noch eine rege Beziehung unterhalten habe wie auch zu anderen Frauen. Darunter sei eben auch die Ermordete Christine Englert gewesen. Diese Eröffnung brachte Lore Nassau vollends aus der Fassung. Zuerst ließ sie eine empörte Schimpftirade gegen Richard, Paolo und Claudia los, die Mark Katschek kaum unterbrechen konnte: Das seien unerhörte Unterstellungen gegen ‚ihren Mann', die keinerlei Hand und Fuß hätten, das ließe sie sich nicht gefallen und sie sollten sich auf Konsequenzen gefasst machen …

Als es Mark Katschek endlich gelungen war, sie zur Ruhe zu bringen, sagte Richard in seiner ruhigen Art, dass es ihnen sehr Leid tue, wenn diese Eröffnung sie so errege, dass sie ihren Zorn auch durchaus nachfühlen könnten, allerdings stehe zweifelsfrei fest, dass Wilhelm Dietrich neben ihr noch zu mehreren Frauen Beziehungen bis in die jüngste Zeit gehabt habe. Das löste bei Lore Nassau sofort wieder einen hysterischen Ausbruch aus: … „mein Anwalt" … „üble Nachrede" und ähnliche Formulierungen konnten sie diesem Ausbruch entnehmen und überließen es dem Anwalt – über dessen Anwesenheit sie inzwischen sehr froh waren – sie zu beschwichtigen und nach einer Weile gelang ihm das auch.

Sie war zwar nach wie vor äußerst erregt und stand offensichtlich kurz vor einem Tränenausbruch, trotzdem schossen ihre Augen weiterhin wütende Pfeile auf die drei Kollegen ab. Aber man konnte sie wenigstens weiterhin befragen. Richard wollte von ihr erfahren, ob sie denn wirklich nichts von dem Doppelleben ihres Lebensgefährten gemerkt habe, denn er müsse ja schließlich häufig ohne sie unterwegs gewesen sein.

Lore Nassau schüttelte nur den Kopf und murmelte, sie seien schließlich seit einigen Jahren selbständig und da habe vor allem er die Außenkontakte gepflegt, auch vorher, als er noch im Angestelltenverhältnis beschäftigt gewesen sei, sei er häufig abends beruflich unterwegs gewesen.

Claudia empfand fast Mitleid mit Lore Nassau. Ihre Hilflosigkeit und Wut standen ihr ins Gesicht geschrieben und ihre Mundwinkel, die bereits beim Lächeln einen Abwärtstrend zeigten, zeigten jetzt steil nach unten. Claudia überlegte, ob Lore Nassaus Emotionen dadurch so bewegt worden seien, dass das Doppelleben ihres Wilhelm Dietrich erst durch die Untersuchung für sie aufgedeckt worden war oder ob sie doch schon vorher davon gewusst oder es doch wenigstens geahnt hatte und nun wegen ihres ‚Gesichtsverlustes' so betroffen sei. Immerhin schien Lore Nassau ihrem gesellschaftlichen Ansehen den höchsten Stellenwert in ihrem Leben zu geben.

Da ihre gesellschaftliche Stellung aber ausschließlich auf ihre Verbindung mit Wilhelm Dietrich und dessen Schützenleben gründete und ihr nicht Selbstsicherheit durch eigene gesellschaftliche Stellung aufgrund ihrer Herkunft oder eigenem Verdienst gegeben war, stand Lore Nassaus Anerkennung durch die sogenannte Gesellschaft immer auf wackeligen Füßen. Das war natürlich auch ein starkes Motiv, denn sie selbst hatte sich als Nebenbuhlerin den Mann und ihre gesellschaftliche Akzeptanz zu hart erkämpfen müssen, um jetzt zulassen zu können, dass nun eine weitere Nebenbuhlerin ihr alles nehmen würde, indem sie an ihre Stelle träte. Aber würde sie auch ihre Konkurrentin ermorden?

Claudia beschloss, sich noch einmal mit den Briefen der Anbeterinnen des Wilhelm Dietrich zu beschäftigen, um den Charakter der verschiedenen Damen näher in Augenschein zu nehmen. Sinnvoll wäre es auch, sich ein weiteres Mal mit Vera darüber zu unterhalten, die sich ja bereits ausführlicher mit den Briefen auseinandergesetzt hatte, denn sie war – sicher nicht ganz unberechtigt – der Meinung, dass Frauen ihre Geschlechtsgenossinnen am besten beurteilen können, besonders wenn es um die Ränkespiele der Liebe geht. Nach diesen Überlegungen richtete sie ihre Aufmerksamkeit wieder auf die Befragung von Lore Nassau.

Richard versuchte inzwischen herauszufinden, ob Lore Nassau über die Tätigkeit von Wilhelm Dietrich für Paul Ratowiak Bescheid gewusst hatte. Aber falls Lore Nassau nicht eine sehr gute Schauspielerin war, schien sie davon wirklich nichts gewusst haben. Ein Alibi hatte sie für die fragliche Zeit allerdings auch nicht zu bieten. Aber auch sie war auf den Rat von Mark Katschek zur erkennungsdienstlichen Untersuchung bereit.

Als sie sie und ihren männlichen Beistand aus den Befragung entließen – nicht ohne sie noch zur KTU zu schicken und den Hinweis, dass sie sich weiter zur Verfügung halten müsse, wirkte Lore Nassau mehr bedrückt als wütend. Mark Katschek hatte sich – außer dass er seine Schwägerin beruhigt hatte, wenn sie wütend und ausfallend wurde – nicht weiter durch besondere Geistesblitze oder juristische Spitzfindigkeiten ausgezeichnet, womit Claudia als Juristentochter eigentlich gerechnet hatte. Ein wenig boshaft resümierte Claudia, dass er gut zu Lore Nassau und ihrer Familie und natürlich zu dem von ihr nach wie vor belächeltem Schützenwesen passe.

Claudia und ihre Kollegen atmeten tief und laut vernehmlich durch, als die beiden ihr Büro verlassen hatten. Eigentlich wollten sie nun Karen Kleiber befragen und hatten gehofft, dass Lore Nassau und sie sich noch begegnen würden, aber die war nicht erschienen.

Sie waren aber alle nicht böse, dass diese Befragung nicht stattfinden konnte, denn der Tag war auch ohne das anstrengend genug gewesen. Paolo schlug vor, den Abend bei ihm im Restaurant zu beenden und bei Rotwein und Pasta die Aussagen der Befragten noch einmal Revue passieren zu lassen.

Richard sprang sofort darauf an und meinte nur: „Na los, aber schnell, bevor uns noch einer aufhält!"

Paolo lachte: „Du Heuchler, dir geht es doch gar nicht um unseren Fall, sondern nur um Rotwein und Amore – in welcher Reihenfolge auch immer!"

Claudia regte an, auch Vera noch dazuzubitten und erstickte Richards und Paolos Protest mit dem Argument, dass ein Abteilungskrieg gerade mit der KTU nicht sehr sinnvoll sei und sie brauche Vera noch dringend für die Analyse der Liebesbriefe. Eventuelle Animositäten von Vera gegenüber ihrer Person seien doch am einfachsten abzubauen, indem sie sie integrierten und ihr das Gefühl gäben, dass sie ein wenig wichtiger sei als sie, Claudia, selbst. Das sahen Paolo und Richard ein und Claudia rief Vera an, die auch bereitwillig ihre Teilnahme an dem Treffen in der Trattoria Paolo zusagte.

22. Lagebesprechung in der Trattoria

Es war ein heißer Tag gewesen und Claudia fuhr erst nach Hause, um sich frisch zu machen und umzuziehen, bevor sie sich wieder auf den Weg in die Trattoria Paolo machte. Ungewohnt für die Augen der Kollegen, die sie bisher nur in Jeans, Shirts und Blazer oder Strickjacke kannten, hatte sie für diesen Abend ein kniefreies blautürkis gemustertes Kleid mit breitem dunkelblauen Ledergürtel und blauen Pumps ausgewählt. Claudia war nicht bewusst, wie gut ihr das Kleid stand und wie grazil und mädchenhaft sie darin wirkte.

Als sie in der Trattoria ankam, waren die anderen schon da. Richard stand mit Eleni an der Bar, während Paolo mit Vera und und seinem Vater Roberto zusammenstanden. Roberto schoss mit einem, „Ah, Bellissima!“ auf Claudia zu und umarmte sie herzlich, „wir haben dich schon vermisst!“

Auch Eleni ließ Richard stehen, um Claudia zu umarmen. Aber während Richard ihr lächelnd den anerkennend erhobenen Daumen zeigte, posaunte Paolo los: „Wie siehst du denn aus? Habe ich deinen Geburtstag vergessen, musst du noch zu einer Ordensverleihung oder warum hast du dich so in Schale geschmissen und Leo haben wir doch auch nicht eingeladen – oder?“

Währenddessen hatte sich Vera umgedreht und bei Claudias Anblick hatte sich ihr Gesicht zusehens verdüstert. „Ach, was machst du denn hier?“ meinte sie schnippisch, so als habe Claudia bei der Gesellschaft nichts verloren und als sei ihr gar nicht mehr bewusst, dass es Claudia gewesen war, die sie zu diesem Treffen eingeladen hatte.

Claudia überging diesen aus Veras Eifersucht erwachsenen Angriff, blickte an sich herab und lachte Paolo an: „Hast du ’nen Knall? Nur weil ich mir etwas Frisches angezogen habe, geht doch nicht die Welt unter! Vielleicht ist es dir noch nicht aufgefallen, aber ich ziehe jeden Tag etwas Frisches an! Und dass ich Leo nicht eingeladen habe, weiß ich selbst. Lasst uns lieber ans Werk gehen, damit es heute Abend nicht zu spät wird. Der Abend ist so schön, da versackt man leicht".

Leicht errötet war Claudia schon bei der unverhohlenen Bewunderung von Roberto und ihren Kollegen, aber gleichzeitig sah sie auch die Enttäuschung von Vera, die sich aus dem Mittelpunkt katapultiert sah, seitdem Claudia aufgetaucht war. Zudem hatte Vera nicht das geringste Geschick in Kleiderfragen. Sie trug meist gedeckte, dunkle Farben und ihr Kleidungsstil betonte zudem die Mängel ihrer Figur. Hätte Claudia ein besseres Verhältnis zu ihr gehabt, wie gerne hätte sie ihr bekleidungstechnisch ein paar gute Tipps gegeben. Marlene, die ja auch keine Idealfigur hatte, sondern eher noch viel rundlicher als Vera war, war immer chic und typgerecht gekleidet.

Claudia ging gleich auf Vera zu als hätte sie ihre unfreundliche Begrüßung nicht gehört und meinte: „Ach, wie schön, dass du schon hier bist. Du kannst uns vermutlich sehr weiterhelfen. Wir müssen unbedingt etwas über die Geliebten und die Lebensgefährtin von Wilhelm Dietrich erfahren und du hast dich ja schon ein wenig mit den Briefen beschäftigt und weißt darüber mit Sicherheit am allerbesten Bescheid!"

Vera lächelte geschmeichelt und meinte, dass sie und Claudia sich dann aber erst einmal ohne die Männer zusammensetzen sollten, die hätten doch keine Ahnung von Frauen.

Claudia atmete auf. Genauso hatte sie sich Veras Reaktion erhofft – wenn diese das Gefühl hatte, sie sei die Initiatorin dieses Treffens gewesen, würde sie mit Sicherheit viel kooperativer sein. Zu Vera gewandt meinte sie: „Ja da hast du eigentlich recht. Willst du morgen zu mir kommen, oder soll ich zu dir kommen?" Vera meinte, in ihrem Büro in der KTU seien sie viel ungestörter und daher sollten sie sich lieber in ihrem Büro treffen.

Richard grinste Claudia anerkennend an, als sie sich zu ihrem vorbereiteten Tisch auf der Terrasse begaben und flüsterte ihr hinter Veras Rücken zu: „An dir ist ja eine Diplomatin verloren gegangen!"

Eleni und Roberto verwöhnten die Kollegen wieder nach Strich und Faden mit Wein und bester italienischer Küche. Es gab als Vorspeise ein Risotto mit Steinpilzen und danach ein wunderbares Osso Buco. Sie hatten gerade die Hauptspeise beendet und diskutierten das Ausbleiben von Karen Kleiber am Nachmittag und wer bei ihr vorbeifahren sollte, um sie erneut zu laden, bzw. herauszufinden, warum diese am Vortag nicht erschienen sei, als plötzlich Leo auftauchte und mit einem Lachen in der Stimme klagte: „Das habe ich gerne, habt ihr mich nicht mehr lieb oder warum haltet ihr eure konspirativen Sitzungen jetzt ohne mich ab?“

Bevor einer von ihnen eine Antwort geben konnte, sprang Vera auf und zwitscherte ihn an: ‚… aber nein, so dürfe er das nicht sehen …. nur mit solchem Kleinkran müsse er sich doch nicht abgeben … selbstverständlich würden sie ihn immer gerne bei sich haben …. !‘

Die Kollegen ließen sie stammeln und schmunzelten sich verschnitzt an, als Leo Vera ins Wort fiel: „Dieses Essen nennst du Kleinkram? Mir hängt der Magen in den Knien und du sprichst von Kleinkram!“ dann aber grinste er Vera versöhnlich an, die gerade wieder zu einer neuen Rechtfertigungstirade ausholen wollte: „Laß’ mal gut sein Vera, ich nehme an, ich weiß, wem ich diesen Ausschluss aus der Gesellschaft zu verdanken habe! Paolo, du bist schuld, denn du wolltest mit diesem überirdischem Wesen“, er wies auf Claudia, „alleine sein“.

– „Dieses kleine das Schützenfest verunglimpfende Lästermaul überlasse ich dir gerne und im Übrigen hat dieses ‚überirdische Wesen’, wie du Claudia fälschlich zu betiteln beliebst, für heute Abend die Einladungen gemacht. Also wollte sie dich nicht dabei haben!“

– Claudia grinste und schaute Leo, der wie immer sehr gut gekleidet war, von oben bis unten an und meinte: „Ja, Pech gehabt, auch schöne Männer müssen Verzicht und Entbehrung erleiden lernen. Jetzt haben wir alles aufgegessen und du kannst dich als ungebetener Gast höchstens noch betrinken!“

– „Na, getrunken habe ich eigentlich schon genug, denn ich komme gerade von einem Treffen mit meinem Schützenzug. Aber ein bisschen geht noch!“

Vera hatte schon neben sich Platz gemacht und strahlte auf, als Leo tatsächlich neben ihr Platz nahm.

– „Ach, die edle Reiterei hat vermutlich über die vorzügliche Abstammung ihrer Zossen gefachsimpelt oder vielmehr welche Beruhigungsmittel ihr den armen Viechern zum Schützenfest spritzt, damit sie nicht durchgehen und euch unehrenhaft abwerfen“, lästerte jetzt Richard, denn der begeisterte Reiter und Pferdebesitzer Leo war Mitglied des Reiterchors beim Neusser Schützenfest.

Claudia, die von der Existenz des Reiterchors bisher noch nichts gewusst hatte, schaute interessiert Leo an, der sie sogleich fragte, ob sie Angst vor Pferden habe. Ihr entfuhr ein Lachen und sie meinte, dass sie das bisher noch nicht festgestellt habe. Außerdem besitze sie ja einen ‚Drahtesel', was sie ja fast zu einer sportlichen Kollegin von ihm mache, auch wenn ihr Drahtesel vermutlich einige Gänge mehr besitze als sein Pferd. Wohlweislich verschwieg sie, dass sie schon in ihrer frühen Jugend mit dem Reiten begonnen hatte, nachdem sie zuvor das Voltigieren gelernt hatte. Auch bis jetzt war sie noch regelmäßig in Tübingen geritten, aber seitdem sie nach Neuss gekommen war, hatte sie sich noch nicht wieder darum kümmern können.

– „Übrigens sind wir nicht zum Vergnügen hier, sondern das ist ein Arbeitsessen“ klärte Claudia Leo auf, „und jetzt wollen wir noch unser weiteres Vorgehen absprechen. Vera und ich haben uns schon für Morgen früh verabredet, um uns ein Bild über Wilhelm Dietrichs Frauen zu machen. Eine hat uns nämlich heute versetzt. Jetzt müssen nur noch Richard und Paolo beschäftigt werden“.

Vera, die ja bereits in die Pläne einbezogen war, verwickelte Leo unverzüglich in ein Gespräch, während Claudia, Paolo und Richard ihr weiteres Vorgehen besprachen. Claudias Vorschlag, dass Richard und Paolo einen Termin mit Amelie Dietrich machen sollten, um diese auch noch einmal zu Wilhelm Dietrichs Liebeslieben, bzw. Frauen zu befragen, fand die Zustimmung der beiden. Außerdem wollten sie versuchen, etwas über Karen Kleibers Verbleib herauszufinden. Dazu war es unverzichtbar, sie aufzusuchen. Und falls sie sie nicht antreffen sollten, die Nachbarschaft über sie zu befragen. Vielleicht wäre das sowieso eine gute Möglichkeit, etwas über Karen Kleibers Charakter und Kontakte zu erfahren.

Nachdem sie so weit mit ihren Planungen gekommen waren, wandten sie sich wieder Leo und Vera zu und ebenso der großen Käseplatte, die Roberto gerade gebracht hatte. Roberto flirtete ein wenig mit Claudia und fragte sie, ob sie noch etwas süßen Nachtisch wolle, aber bevor Claudia sich dazu äußern konnte, jauchzte Vera: „Oh ja, eine große Portion Tiramisu oder eure wunderbaren gefüllten Pfirsiche, das könnten wir jetzt brauchen – nicht wahr Leo?"

Leo lehnte lachend aber sehr bestimmt ab und meinte, dass etwas Käse vollkommen ausreichend für ihn sei. Vera beklagte sich in leicht quengelndem Ton nachdem auch Claudia, die unbemerkt von Vera mit Roberto einen vielsagenden Blick tauschte, und die anderen eine süße Nachspeise ablehnten, dass niemand ihr beim Tiramisu Gesellschaft leisten wollte. Eleni, die leise mit Richard sprach, meinte beruhigend, dass sie ihr selbstverständlich Gesellschaft leisten würde, woraufhin Vera sich sichtlich entspannte.

Leo bat jetzt die fröhliche Runde, ihn doch über den Stand der Dinge im Mordfall Christine Englert aufzuklären. Claudia, die zum Abschluss nur einen Espresso trank, erläuterte ihre bisherigen Ermittlungen, die sich jetzt auf die beiden Frauen Lore Nassau und Karen Kleiber konzentrierten. Hier sah Claudia die Chance, Vera in den Mittelpunkt zu rücken und das tat sie nachhaltig, indem sie Veras Mitarbeit bei der Analyse der Briefe an Wilhelm Dietrich hervorhob und noch einmal auf ihre Verabredung an nächsten Tag hinwies.

Vera sonnte sich in der Aufmerksamkeit und plusterte sich gewichtig auf. Sie schlug vor, zusätzlich die Polizeipsychologin zu ihrer Besprechung am nächsten Morgen hinzuzuziehen. Leo lobte die Idee sehr und auch Claudia war begeistert von der Idee, was Vera für alle sichtbar strahlen ließ.

Auch ihre weiteren Pläne hinsichtlich Lore Nassau und besonders Karen Kleiber, die sie ja bisher noch nicht befragen konnten, fand Leo gut. Ebenso wie die Idee, dass Richard und Paolo noch einmal Amelie Dietrich interviewen sollten. Er bat sie, ihn weiter auf dem Laufenden zu halten und ihn im Zweifelsfall auch mit einzubeziehen, denn schließlich würde die Zeit bis zum Schützenfest langsam knapp und es wäre Zeit, den Fall endlich zu Ende zu bringen. Claudias Blick verdüsterte sich zwar bei seinen letzten Worten, aber sie verkniff sich eine Antwort, um nicht die Stimmung des Abends zu verderben.

Die anderen wandten sich wieder dem Käse, den Roberto mit zwei schmackhaften süßen Saucen serviert hatte, eine aus Zwiebeln und eine aus roten und gelben Paprikaschoten, und dem Tiramisu zu, während Claudia sich mit Genuss entspannt einem weiteren Espresso widmete. Vera sprudelte an der gegenüberliegenden Tischseite zwischen Leo und Eleni sitzend über vor Begeisterung, die ungeteilte Aufmerksamkeit ihrer Tischnachbarn genießen zu können. Die manchmal etwas hilflosen Blicke der beiden zu Claudia, Paolo und Richard, bemerkte Vera nicht. Claudia ignorierte sie etwas schadenfroh, schließlich hatte sie einen ganzen Arbeitstag zusammen mit Vera vor sich. Wobei sie allerdings zugeben musste, dass Vera in einer reinen Frauengesellschaft eine angenehme und wirklich kompetente Gesprächspartnerin war.

Nach dem Espresso verabschiedete sich Claudia ziemlich bald. Leo sprang gleich auf und bot ihr an, sie nach Hause zu fahren, aber Claudia lehnte ab, da sie selbst mit dem Wagen gekommen war. Aber sie könne ja gerne Vera oder Richard nach Hause fahren. Vera lehnte sofort ab, da sie jetzt gerne auch noch einen Espresso trinken wolle, und meinte, dass Leo sie sicher auch nach Hause fahren könne. Leo nickte und lud gleich auch Richard ein, sich von ihm nach Hause fahren zu lassen. Richard konnte sich zwar ein Grinsen nicht verkneifen, stimmte aber freundlich zu.

Als Eleni Claudia zum Abschied umarmte, raunte sie ihr noch zu: „Hast du die Panik in Leos Augen gesehen, als Vera sich ihm aufdrängte?" woraufhin beide in schallendes Gelächter ausbrachen.

Auf dem Heimweg wunderte sich Claudia, wie wohl sie sich inzwischen in Neuss fühlte und wie wenig sie noch an Ronald dachte. Er hatte noch ein paar Mal versucht, mit ihr Kontakt aufzunehmen. Selbst über Caro in Tübingen hatte er einen Versuch gemacht, aber Claudia war standhaft geblieben und hatte jeglichen Kontakt abgelehnt. Selbst Briefe, die er ihr geschrieben hatte, hatte sie ungeöffnet zurückgeschickt. Sie hatte wirklich Glück mit ihrer neuen Stelle gehabt und vielleicht hatte der Mordfall, in den sie so unversehen hineingestolpert war, ihr auch geholfen, so schnell Fuß zu fassen. Sie beschloss, am nächsten Morgen mal wieder bei Marlene vorbeizufahren und belegte Brötchen zum Treffen mit Vera und der Polizeipsychologin mitzunehmen.

23. Analyse und weibliche Intuition

Als Claudia am nächsten Morgen in der KTU ankam, saß die Polizeipsychologin Elke Weber bereits vor dem dicken Ordner mit Wilhelm Dietrichs Liebesbriefen. Sie stellten sich gegenseitig vor und Claudia hatte einen sehr angenehmen Eindruck von der freundlichen ca. 50jährigen Kollegin mit dem humorvollen Blick.

Sie lachte, als sie Claudias Tablett mit den belegten Brötchen sah, die diese noch schnell bei Marlene geholt hatte: „Oh, Sie bringen uns Nervennahrung mit. Ich habe den Eindruck, die werden wir noch brauchen!“ In diesem Moment kam Vera herein: „Claudia, das ist ja eine Superidee von dir, dann sorge ich erst einmal für eine große Kanne Kaffee, bevor wir hier anfangen!“

So versorgt machten sie sich an die Arbeit und widmeten sich den verschiedenen Charakteren der Anbeterinnen von Wilhelm Dietrich. Sie stellen fest, dass sie es mit völlig unterschiedlichen Frauen zu tun hatten. Das Verhältnis von Karen Kleiber zu Wilhelm Dietrich, das sie zuerst begutachteten, war stark von sexueller Anziehungskraft und Experimentierfreude geprägt. Im Gegensatz zu den Briefen von Lore Nassau erfuhr man bei Karen Kleiber auch etwas über Wilhelm Dietrich. Offenbar hatte sie ein starkes Gefühl für ihn entwickelt. So stark, dass sie bereit war, dafür auch Risiken einzugehen. So war sie einmal vorgeprescht und hatte versucht, Tatsachen zu schaffen, indem sie Dietrichs Mutter aufsuchte und dieser von ihrem Verhältnis zu ihrem Sohn erzählt hatte. Wilhelm Dietrich hatte auf Druck seiner Mutter, danach sein Verhältnis mit Karen Kleiber beendet – auch dieser Brief lag vor, ebenso wie ein diesbezüglicher Brief seiner Mutter an ihn –, setzte es aber schon nach wenigen Tagen fort, als sei nichts geschehen. Die drei Frauen blickten sich fassungslos an, als sie diese Briefe gesichtet hatten und beurteilten Wilhelm Dietrich als einen äußerst charakterschwachen Menschen.

Karen Kleiber charakterisierten sie als eine recht sympathische und auch positiv denkende Person, die sehr bemüht war, Wilhelm Dietrich in jeder Hinsicht glücklich zu machen und zumeist bereit, ihre Interessen hintan zu stellen aus Angst, ihre große Liebe zu verlieren. Allerdings belegte ihr Vorstoß, Wilhelm Dietrichs Mutter aufzusuchen, dass sie auch bereit war, den Kampf aufzunehmen, um Wilhelm Dietrich zur Entscheidung zu zwingen. Aber wie weit würde sie gehen, wenn sie eine wirkliche Gefahr für ihre Beziehung sähe?

Jetzt wandten sie sich Lore Nassau Briefen zu, von der zwar nicht mehr, aber dafür wesentlich längere Briefe vorhanden waren. Vera verdrehte die Augen, als Elke Weber die Briefe von Lore Nassau ansprach: „Die Briefe sind eine Strafe!" stöhnte sie. Claudia schaute fragend. Elke Weber erläuterte ihre und Veras Eindrücke, die sie schon zuvor aus Lore Nassaus Briefen gewonnen hatten. Lore Nassaus Briefe zeigten, dass sie ausschließlich auf sich selbst bezogen ist. Über Wilhelm Dietrich und Lores Beziehung zu ihm, erfährt man aus den Briefen praktisch nichts. Die Briefe, im wahrsten Sinne ohne Punkt und Komma geschrieben und ohne jegliche Berücksichtigung der korrekten Orthographie, drehten sich ausschließlich um Lore Nassau selbst. Der auffällige Mangel an korrekter Schreibweise, selbst wenn sie sie doch beherrschen sollte, spielte für sie keine Rolle. Sie schrieb die Briefe, weil sie ein Ziel erreichen wollte und an der Durchsetzung dessen hinderten sie offensichtlich keine Skrupel. Selbst das Wohl ihrer Kinder spielt für sie – wie sie selbst betont – keine Rolle. Zwei Worte beherrschen jeden ihrer Briefe „ICH WILL", die in jedem Brief vielfach auftauchten. Sie ist erschreckend gnadenlos in der Verfolgung ihres Ziels. Sogar die Selbstbezichtigung, die Wilhelm Dietrich ihr gegenüber gemacht haben musste, er sei ein Zuhälter, war ihr nur die Entgegnung wert, dass das für sie keine Rolle spiele. Diese Äußerung von einer Mutter minderjähriger Kinder wirft schon ein bezeichnendes Licht auf ihren Charakter.

Claudia war zutiefst schockiert, als sie das hörte. Elke Weber fuhr fort, dass man Lore Nassau zwar wirklich nicht als besonders intelligent betrachten könne und auch ihre Methoden seien mehr als durchsichtig, zeigten aber durchaus eine Art von Bauernschläue. In ihren Briefen bezeichnet sie zum Beispiel erst ihre Ehe als sehr schlecht, ihre Kinder als große Belastung und ihre Lebenssituation als schrecklich deprimierend. In dem Augenblick, als sie sich Wilhelm Dietrichs sicher wähnte, verließ sie ihren Mann. Als Wilhelm Dietrich dann nicht ihren Erwartungen entsprach und sich nicht mit wehenden Fahnen von seiner Frau trennte, beklagte sie plötzlich, einen guten, sicheren Ehehafen hinter sich gelassen und das Unglück ihrer armen Kinder verursacht zu haben. Mit diesen sehr einfachen und leicht zu durchschauenden Argumenten versuchte sie Wilhelm Dietrich massiv unter Druck zu setzen und hatte erstaunlicherweise auch Glück damit. Warum sie allerdings damit erfolgreich war, konnten die Frauen sich allerdings nicht erklären, zumal aus Lore Nassaus ersten Briefen hervorging, dass sie außer zu Wilhelm Dietrich auch noch eine weitere außereheliche Beziehung zu einem anderen Mann hatte.

Was aber konnten sie nun aus den bisherigen Erkenntnissen über die beiden Frauen resümieren? Lore Nassau mochte zwar völlig rücksichtslos und eher bauernschlau – wie die Polizeipsychologin Elke Weber es bezeichnet hatte – als klug sein, während Karen Kleiber sich nach den Briefen als die weitaus sympathischere und gefühlvollere Person erweist. Aber wäre von Lore Nassau nicht eher zu erwarten gewesen, dass sie sich nach den Jahren mit Wilhelm Dietrich seiner, trotz ihrer offen zu Tage tretenden Eifersucht, mit einer gewissen selbstgefälligen Arroganz sicher wähnte?

Andererseits war der Mord anscheinend eine spontane Tat, eine Affekthandlung und nach den bisherigen Erkenntnissen deutete zudem alles auf eine Beziehungstat hin. Dafür kam eigentlich nur eine der beiden Frauen in diesem Beziehungsdurcheinander in Frage. Natürlich könnte auch noch Wilhelm

Dietrich selbst die Tat verübt haben, wobei bei ihm allerdings nicht das geringste Motiv zu erkennen war. Sicherlich hatte er zunächst jegliche Bekanntschaft mit Christine Englert geleugnet, aber da war Lore Nassau in der Nähe gewesen. Und dass in seinen Augen in seinem Liebesleben alles perfekt lief – was er ihnen durchaus glaubhaft gemacht hatte –, deutete auch nicht auf ihn als Täter hin.

Aber die Frauen in seinem Umfeld, besonders Lore Nassau und Karen Kleiber hatte beide ein sehr starkes Motiv und zu einer Affekttat wären wohl auch beide fähig gewesen.

Claudia dachte bei sich, dass nach Analyse der Briefe ihren eigenen Emotionen Lore Nassau als Täterin entgegenkäme, musste allerdings auch zugeben, dass sich in keiner Weise mehr Verdachtsmomente auf sie anwenden ließen als auf Karen Kleiber. Nun hatte man ja Karen Kleiber noch nicht befragen können und vielleicht besaß die ja ein unumstößliches Alibi.

Sie kamen zu dem Schluss, dass unbedingt auch Wilhelm Dietrichs Frau Amelie noch einmal befragt werden sollte und zwar mit besonderem Gewicht auf seine Geliebten. Natürlich konnte man auch sie nicht aus der Liste der Verdächtigen ausschließen, denn es stand schließlich ein Scheidungsverfahren im Raum. Allerdings wäre es bei ihr eher wahrscheinlich gewesen, dass sie die Lebensgefährtin ihres Mannes, Lore Nassau, ausgeschaltet hätte, falls sie die Scheidung verhindern wollte. Aber mit hoher Wahrscheinlichkeit könnte sie noch die eine oder andere Auskunft geben.

Außerdem war da ja auch Wilhelm Dietrichs Selbstbezichtigung, er sei ein Zuhälter. Dazu kam seine unbestreitbare Verbindung zu Paul Ratowiak. Vielleicht konnte Amelie Dietrich auch hierzu Auskünfte geben. Schließlich war das enge Vertrauensverhältnis zwischen Wilhelm Dietrich und seiner Ehefrau in den ganzen Jahren, die er nun schon mit Lore Nassau verbrachte, nicht abgerissen. Vielleicht waren sie also auf einer völlig falschen Fährte und hätten sich besser auf das Milieu um Paul Ratowiak konzentrieren müssen.

Claudia schnaufte, dann müsse sie selbst vermutlich noch einmal mit zu der redseligen Amelie Dietrich fahren. Eigentlich war verabredet, dass Richard und Paolo das übernehmen sollten. Aber mit ihrer Meinung, dass Frauen ihre Geschlechtsgenossinnen mit Sicherheit besser beurteilen und im Gegensatz zu Männern auch die Zwischen- und Untertöne heraushören können, stimmte sie mit ihren beiden Kolleginnen überein. Claudia dachte – während sie Vera mit gerunzelter Stirn anblickte – an die Intrige zurück, die diese bei Leo gegen sie versucht hatte und die keiner der Männer ohne Elenis Eingreifen jemals bemerkt hätten. Auch Vera schien zu wissen, woran Claudia dachte und wandte den Blick ab, um sich ihrer vierten Brötchenhälfte zu widmen.

In diesem Moment kam ein Kollege von Vera herein, der die Vergleichs-Auswertungen der Spuren an der Leiche von Christine Englert und der von den Verdächtigen genommenen Proben brachte. Vera vertiefte sich kurz in die Ergebnisse und meinte dann: „Wie erwartet: Von Wilhelm Dietrich gibt es diverse Spuren. Aber am Mordwerkzeug, also am Schal, gibt es neben den Anhaftungen von Wilhelm Dietrich und Christine Englert auch noch die Anhaftungen von einer anderen Person, vermutlich einer Frau, die aber noch nicht verifiziert werden konnten. Es könnten natürlich auch Anhaftungen von einer völlig unbeteiligten Person sein, aber eben auch vom Mörder“.

Die drei Kolleginnen hofften, dass Paolo und Richard inzwischen schon etwas über Karen Kleiber in Erfahrung bringen konnten, die sie zur gleichen Zeit hatten aufsuchen wollen.

24. Die Suche nach Karen Kleiber

Während die Frauen sich mit den Briefen von Wilhelm Dietrichs Frauen beschäftigten, machten sich Richard und Paolo auf den Weg nach Korschenbroich, um etwas über Karen Kleiber zu erfahren. Ihr Wohnsitz ‚In der Hött' lag in einer Reihenhaussiedlung nicht weit von der Neusser Skihalle entfernt. Auf ihr wiederholtes Klingeln öffnete niemand. Um sich nicht vergeblich diesen Weg gemacht zu haben, beschlossen sie, die Nachbarn über Karen Kleiber zu befragen.

Sie wollten gerade nebenan klingeln, als die Tür aufgerissen wurde und ein ungefähr 1,80 – 1,85 m großer Mann, circa fünfundvierzig Jahre alt, herauskam, der lachend noch etwas über die Schulter zurück ins Haus rief, bevor er sich unversehens Richard und Paolo gegenübersah.

Sein Erschrecken dauerte nur einen kurzen Moment. „Hoppla, meine Herrn!" rief er fröhlich aus, „jetzt hätte ich Sie fast überrannt. Aber ich kann Ihnen gleich sagen: wir haben einen Staubsauger, einen Kühlschrank, eine Waschmaschine und auch alle Versicherungen. Selbst einen Kredit benötigen wir nicht!"

Richard lächelte amüsiert, während er dem Mann, der eine auffällige Operationsnarbe am Hals direkt unterm Ohr hatte, seinen Ausweis hinhielt: „Wir wollen nichts verkaufen, wir sind von der Polizei und benötigen ein paar Auskünfte."

– „Haben wir etwas verbrochen?" der Mann schaute irritiert.

– „Nein," erklärte Richard, „es geht um Ihre Nachbarin".

– „Na, da bin ich ja richtig erleichtert", lächelte der Mann freundlich, „aber ich muss mal schnell weg. Sie können aber inzwischen meine Frau befragen. Ich bringe Sie zu ihr, bin aber selbst auch gleich wieder da!"

– Er schloss die Haustüre wieder auf und rief nach drinnen: „Birgit, es kommt noch mehr Besuch!"

– Von drinnen tönte es: „Holger, du Elender, mach mir keine Angst! Der eine Verrückte hier macht mich schon fertig genug".

Mit diesen Worten erschien eine kleine, ein wenig mollige Frau mit kurzen schwarzen Haaren, die von einigen grauen Strähnchen durchzogen waren. Sie war wohl etwas jünger als ihr Mann und hatte ein hübsches, freundliches Gesicht mit lachenden Augen, in denen ein großes Fragezeichen erschien, als Richard und Paolo in ihren Blick gerieten.

– „Die Herren sind von der Polizei und wollen dich verhaften, weil du mit 180 kmh durch den Ort gerast bist und außerdem die Katze auf den Hund der Nachbarin gehetzt hast!" neckte ihr Mann sie mit Grabesstimme.

– „Wie bitte", stammelte sie verwirrt.

– „Natürlich nicht", bemühte sich Paolo, sie zu beruhigen, „Auch wenn die Idee mit der Katze mir gut gefällt, kommen wir nur, um Sie über Ihre Nachbarin, Frau Karen Kleiber, zu befragen".

– „Holger, mach' dass du zum Einkaufen kommst, unser Gast wird schon ganz unruhig, weil er nicht sein gewohntes ‚Dope' erhält. Nicht dass er uns noch bissig wird. Und übrigens: für deinen letzten Scherz kannst du jetzt stündlich mit einer Retourkutsche rechnen!"

Mit diesen Worten schob sie ihren Mann zur Tür hinaus, aber ihre lachenden Augen und der fröhliche Ton in ihrer Stimme straften ihre Worte Lügen. „Kommen Sie herein, meine Herren, ich bin Birgit Waasem und meinen Mann Holger haben Sie soeben aus der Türe flitzen sehen", lud sie Richard und Paolo freundlich ins ihr Wohnzimmer ein. „Wir haben Besuch, aber er wird unser Gespräch sicher nicht stören – hoffe ich wenigstens".

In der Diele stolperte Richard fast über einen Golfsack. „Das Hobby meines Mannes", meinte Birgit entschuldigend, als sie das Wohnzimmer betraten, „Das sperrige Ding hätte er längst wegräumen sollen".

Im gemütlichen Wohnzimmer saß ein großer, schlanker Mann etwa im gleichen Alter wie der Ehemann Holger: „Jens Harmsdorf", stellte Birgit Waasem vor. „Er kommt gerade aus einer Reha-Klinik und erholt sich jetzt bei uns bis nach dem

Schützenfest von dieser misslichen Erfahrung der Entbehrungen und des Verzichts! Seine Lebensgefährtin erwarten wir auch noch".

– „Wie bitte", konterte Jens Harmsdorf, „Erholung kann man das wohl kaum nennen, wenn ihr nicht einmal anständiges Bier zu bieten habt, nur euer merkwürdiges Alt-Bier. Da muss ich sogar auf diesen Rest ‚Old Boy', das Kurgetränk, zurückgreifen. Trotz des Namens das einzige, was mich und eine Leidensgenossin die Reha einigermaßen unbeschadet – wenigstens an Geist und Psyche – überstehen ließ". Er hielt eine Whisky-Flasche mit einem Etikett dieses Namens hoch, die Richard, der gerne hin und wieder einen Whisky trank, mit Argwohn ansah. „Ein Getränk von zweifelhafter Herkunft und Qualität", erläuterte Jens.

– „Zweifelhaft?" wunderte sich Paolo, „was ist denn daran zweifelhaft?"

– „Meine Skepsis, was mich überhaupt nach Bad Kreuznach verschlagen hat, in eine Anstalt mit dem Unterhaltungswert eines Kasernenhofs und dem Zartgefühl einer Physiotherapeutin, das dem einer Domina nicht nachstand!"

– „Ach du Leid geplagter Patient! Ich darf dich daran erinnern, dass sinnigerweise dein krummes Kreuz dich nach Bad Kreuznach brachte! Aber ergründe du jetzt weiter den Grund für's Neusser Schützenfest", sie wies auf ein Buch, das aufgeschlagen auf dem Tisch lag und in dem sie offensichtlich gerade gelesen hatten, „und Holger wird dich gleich vom ‚Old Boy' erlösen, denn erholt gerade einen Kasten Früh Kölsch!"

– Noch aber war aber Jens Harmsdorf nicht zu bremsen: „Meine Herren, wissen Sie, dass das Schützenfest hier in Neuss unvermeidlich war? Wir haben gerade in dem lehrreichen Werk ‚Neuss im Wandel der Zeiten' recherchiert und festgestellt, dass es in Neuss mindestens seit dem Jahr 1339 Bierbrauereien gibt! Und durch einen Auszug aus dem ersten Neusser Adressbuch von 1883 haben wir erfahren, dass es damals schon: 26 Bierbrauereien, 5 Weinhandlungen, 10 Faßbinder, 8 Brandweinbrennereien, 9 Destillerie- und Likörfabriken, 3 Malzfabriken,

1 Mineralwasserfabrik – na, die brauchte man offenbar auch weniger hier –, 3 Essigfabriken, aber nur 1 Nudelfabrik namens Franz Tosetti gab. Die Neusser waren wohl auch der Meinung, dass sie das bisschen, das sie essen auch trinken können und haben dazu augenscheinlich einen waschechten Italiener an Land gezogen. Dazu gab es noch 11 Krawattenfabriken und sogar 22 Feuerversicherungsgesellschaften! Und zudem waren bereits zwei Nervenheilanstalten, die St. Josefs-Irren-Heil- und Pflegeanstalt für Frauen und die Alexianer-Irren-Heil- und Pflegeanstalt für Männer vorhanden. Vermutlich waren die auch für die vielen Zecher von Nöten, die sich mehr oder minder um den Verstand getrunken hatten, in diesem Zustand in Neuss herumzündelten und damit die 22 Feuerversicherungsgesellschaften beschäftigten." Spöttisch amüsierte er sich weiter: „Kein Wunder, dass die Neusser Bevölkerung, die Anfang des 19. Jahrhunderts wenig mehr als 6.000 Einwohner betragen hatte, bereits 1883 schon auf 17.500 angewachsen war: Eine Folge – wie ich annehme – der unkontrollierten Vermehrung im Zustand alkoholischer Verneblung und auch durch Zuzug von Durstigen auf Grund eines Überangebots an flüssigen Nahrungsmitteln! Irgendwie musste das Zeug ja vernichtet werden. Und die 11 Krawattenfabriken zeugen ja auch von ständigem Besudeln im Suff – oder war für viele Neusser das Ende der Schützenfesttage eine solch traumatische Erfahrung, dass sie sich in tiefer Depression an ihren Schützenkrawatten erhenkten? Solche Krawatten waren ja aus Pietätsgründen nicht weiter verwendbar! "

Richard und Paolo waren zu sehr Rheinländer, um nicht Vergnügen an diesen skurrilen Ausführungen zu haben. Außerdem wussten sie, dass ein solcher ‚Verzell', wie es der Rheinländer bezeichnen würde, im Rheinland immer dazu gehörte und aus dem sich für die weitere Befragung ein lockerer und entspannter Rahmen ergab, der die Zeugen redefreudiger machte.

Sie fragten, nachdem sie über die Neusser Alkoholfabrikation und deren Auswirkungen ihre Witze gemacht hatten, jetzt nach Karen Kleiber. Zuerst wollte Birgit Waasem erfahren, was denn mit Karen los sei oder ob ihr etwas passiert wäre. Sie erklärten, dass sie nur als Zeugin befragt werden solle, es gehe insbesondere um Karens Freund. Birgit nickte zustimmend und fing an zu erzählen.

Natürlich kannte sie Karen Kleiber und charakterisierte sie als fröhliche und aufgeschlossene Frau, die mit beiden Beinen im Leben stehe. Nur ihre Beziehung zu Männern sei erstaunlicherweise problematisch und ganz besonders ihr Verhältnis zu ihrem Freund. Die Beziehung bestehe seit vielen Jahren, zwischendurch habe sie zwar auch einmal einen anderen Freund gehabt, aber dann sei sie doch leider doch wieder mit ihm zusammengekommen. Seltsamerweise hätten sie ihren Freund nie persönlich kennengelernt. Er käme auch nie zu ihr, sondern sie träfen sich immer in Neuss. Wo wisse sie nicht, denn er lebe ja nicht alleine. Hin und wieder hole er Karen wohl ab und manchmal seien sie auch miteinander verreist. Allerdings sei das schon lange nicht mehr passiert. Auch wenn sie Karen zu einem Grillfest oder Ähnlichem eingeladen hätten, sei sie immer alleine gekommen. Momentan – so vermuteten sie und ihr Mann – sei etwas nicht mehr in Ordnung mit ihrer Beziehung zu ihrem Freund, denn in letzter Zeit sei sie nicht mehr so fröhlich gewesen, sondern eher bedrückt, fast depressiv. Sie habe zwar versucht, mit Karen darüber zu reden, aber sie habe nicht darüber sprechen wollen. Birgit vermutete, dass es daran liege könne, dass er mal wieder seine Versprechungen, sich von seiner Partnerin zu trennen, nicht gehalten habe. So viele Jahre halte er sie nun schon hin. Vor langer Zeit habe er sich endlich von seiner Ehefrau getrennt und Karen war überglücklich gewesen. Dann aber sei er unverzüglich zu einer anderen Frau gezogen. – Birgit machte eine Pause, als könne sie es nicht fassen. Damals, setzte sie ihre Erzählung fort, habe sich Karen sehr erbittert von ihrem Freund getrennt und sei mit einem anderen Mann zusammengekommen. Das alles wisse sie aber nur von Karen Kleiber selbst, denn zu dieser Zeit hätten sie sich noch nicht gekannt und noch nicht in diesem Haus gewohnt. Karen sei ja auch etwa zehn Jahre älter als sie. Sie sei dann aber mit diesem neuen Freund nicht allzu lange zusammengeblieben und doch wieder mit – wie sie es sehr drastisch ausdrückte – diesem ‚Scheißkerl' zusammengekommen und das ganze Beziehungselend habe wieder von vorne angefangen. Über den Freund von Karen wusste sie nur zu berichten, dass er irgendetwas mit dem Schützenwesen zu tun habe. Was er beruflich mache, wisse sie aber nicht. Birgit verstummte einen Moment und schüttelte den Kopf. Dann fuhr sie fort, dass ihr das alles wie in einem schlechten Film vorkomme. Karen sei immer die Zweitfrau gewesen und habe ständig auf ein Lebenszeichen von ihrem Freund gewartet, jederzeit bereit, alles stehen und liegen zu lassen, um ihn wenigstens kurz zu sehen. Manchmal sei sie auch mitten in der Nacht weggefahren und ein paar Stunden später wieder gekommen. Sie müsse ihm völlig hörig sein, sonst könne das doch kein Mensch lange ertragen.

In diesem Moment kam Holger Waasem zurück, der mehrere Flaschen Früh Kölsch in der Hand hielt. Offenbar hatte er die letzten Worte seiner Frau mitbekommen und warf fröhlich ein: „Du bist mir hörig und kannst das nicht ertragen? Wie soll ich das denn verstehen?"

Birgit klärte ihn auf, worum es ging und schlagartig wurde sein amüsierter Gesichtsausdruck ernst: „Ach, Karen", meinte er, „das ist ein trauriges Kapitel. Die Gute ist momentan wieder total fertig wegen diesem Kerl. Gut dass sie für ein paar Tage weggefahren ist. Sie sah schrecklich aus in den letzten Tagen. Aber ich wette, sie ist spätestens kurz vor dem Schützenfest wieder hier, um ihren Geliebten bei den Umzügen anzubeten. Wenn ich genau wüsste, wer er ist, hätte ich ihn längst zur Rede gestellt. Die Ärmste geht ja noch vor die Hunde mit dem Kerl!"

Jetzt wussten Richard und Paolo auch, warum Karen Kleiber nicht auf ihre Vorladung reagiert hatte. Sie war verreist und das auch noch in einem ziemlich deprimierten Zustand. Sie fragten noch einmal nach, ob sie genau wüssten, wann Karen Kleiber zurückkehre, aber außer der Feststellung, dass sie bisher das Schützenfest noch nie versäumt habe und sie annähmen, dass sie spätestens Mittwoch vor der Kirmes wieder da sei, wussten Birgit und Holger auch nichts Genaues.

So ließen sie die fröhliche Runde mit der Bitte wieder alleine, sie doch zu informieren, sobald sie etwas von Karen Kleiber hörten oder wenn sie von ihrer Reise zurückkäme.

Als sie das Präsidium betraten, begegneten sie als erstes Claudia und Vera. Sie beschlossen sofort, sich noch am gleichen Tag zu einem Austausch ihrer Erkenntnisse in ihrem Büro zusammenzusetzen. Dort angekommen meinte Vera: „Ja dann müssen wir aber auch Leo dazu rufen. Das mache ich gleich!" und griff sofort nach Claudias Telefon, um das zu erledigen. Natürlich erwähnte sie als Erstes, dass er ja gestern SIE gebeten habe, ihn auf dem Laufenden zu halten, was ihre Kollegen wieder einmal zu einem vielsagenden Blick untereinander bewegte. Leo sagte sofort zu, unverzüglich zur Besprechung zu kommen.

Als Leo eintraf, schwoll Vera vor Stolz die Brust, weil Leo direkt neben ihr Platz nahm. Zu spät merkte sie, dass er vielleicht diesen Platz gewählt hatte, um Claudia gegenüber zu sitzen und sie ständig anblicken zu können. Um seine Aufmerksamkeit zu erringen, riss sie das Gespräch an sich und berichtete aufgeregt, aber doch sehr klar und konzentriert, über ihre gemeinsame Analyse der Briefe mit der Polizeipsychologin und die Ergebnisse der Spurensicherung. Claudia hatte überhaupt nichts dagegen, dass Vera den Bericht übernommen hatte, nur der ständig auf sie gerichtete Blick von Leo machte sie mehr als nervös. So richtete sie selbst ihren Blick auf Vera und blinzelte nur hin und wieder zur Seite, um zu sehen, ob Leo endlich woandershin schaute. Claudias Verlegenheit löste bei Leo ein amüsiertes Zwinkern aus. Vera merkte von allem nichts und blühte auf, als Leo ihren klaren Bericht und den Plan, Amelie Dietrich noch einmal zu befragen, als sehr folgerichtig lobte.

Den Bericht von Richard und Paolo, bei dem sie auch das anfängliche, vergnügliche Geplänkel mit Jens Harmsdorf, dem Freund der Familie Waasem, nicht ausließen – Richard hatte sich die Eintragungen aus dem Neusser Adressbuch von 1883 notiert, um Claudia damit Vergnügen zu bereiten und freute sich wie ein Schneekönig, dass er Claudias Sinn für Humor richtig eingeschätzt hatte, als sie begann schallend zu lachen.

Der weitere Lagebericht ließ sie aber schnell wieder ernst werden und vor allem Claudia und Vera empfanden großes Bedauern für Karen Kleibers verfahrenes Liebesleben und große Abscheu über Wilhelm Dietrichs unverantwortliches Verhalten.

Nach beiden Berichten eröffnete Leo der Runde, dass er gerne selbst mit Claudia Amelie Dietrich befragen wolle. Die Sache mit dem Zuhälter im Zusammenhang mit Paul Ratowiak komme ihm doch mehr als merkwürdig vor. Außerdem könne Amelie Dietrich, wenn sie auf ihren Besuch vorbereitet sei, vermutlich noch sehr viel mehr sachdienliche Hinweise geben und Claudia möge bitte ein Treffen mit ihr vereinbaren.

Vera verabschiedete sich mit einem sehr enttäuschten Gesichtsausdruck, kam aber schon nach wenigen Minuten zurück und hielt den leichten duftigen Schal in der Hand, mit dem Christine Englert erwürgt worden war. Sie rief triumphierend in die Runde: „Der Christoph Englert war gerade da, um die Sachen seiner Mutter abzuholen und ist der Meinung, dass der Schal ganz neu sein müsse. Denn Schals habe seine Mutter nur im Winter gegen die Kälte getragen. Im Sommer habe er noch nie einen Schal an ihr gesehen. Vielleicht hat der Schal dem Täter oder der Täterin gehört?“

Das ließ sie aufhorchen. Claudia und Vera sahen sich den Schal näher an und stellten fest, dass es sich um einen sehr exklusiven Schal aus hauchzarter Kaschmirwolle in wunderschönen Farben handelt. So etwas kaufte man sich nicht nebenbei. Die Herkunft des Schals festzustellen, würde vielleicht einen guten Hinweis ergeben. Da er sehr auffällig war, würde die Chance, seine Herkunft festzustellen, größer sein. Sie beschlossen sogleich, eine junge Kollegin mit den Nachforschungen in den entsprechenden Geschäften zu beauftragen. Claudia verfluchte sich, dass ihr der Schal nicht eher aufgefallen war. Aber ob sie ohne den Hinweis von Christoph Englert auf die Idee gekommen wäre, nach seiner Herkunft zu forschen, war sie sich nicht sicher, da alle anderen Kleidungsstücke von Christine Englert aus Norddeutschland stammten, hatte sie das auch von dem Schal angenommen. Und nach wie vor war ja nicht ausgeschlossen, dass der Schal aus Christine Englerts Heimat stammt.

25. Ein erneuter Besuch bei Amelie Dietrich

Sie hatten sich für den nächsten Nachmittag mit Amelie Dietrich verabredet. Claudia wunderte sich über sich selbst, denn sie hatte sich an diesem Morgen mit besonderer Sorgfalt angekleidet. Zweimal hatte sie ihre Garderobe gewechselt, bis sie sich schließlich für weiß entschied, was ihr unglaublich gut stand: ein weißes Kleid, das einen recht tiefen Blick in ihr Dekolleté freigab und weiße Sandaletten. Sie kannte sich selbst nicht wieder: Wollte sie Leo gefallen oder war es wegen Amelie Dietrich, die beim letzen Treffen sehr auffällig gekleidet gewesen war. Sie verweigerte es sich selbst, dieser Frage weiter nachzugehen.

Als sie das Büro betrat, stieß Paolo einen bewundernden Pfiff aus und zog sie mit seinen nächsten Worten auf: „Hui, hat Leo dir schon einen Antrag gemacht? Oder warum siehst du heute so bräutlich aus?"

– „Sei nicht so albern", konterte Claudia, „weiß wirkt beruhigend auf die Zeugen."

– „Wenn du dich da mal nicht irrst", ließ Paolo sich nicht aus dem Konzept bringen, „ich nehme an, bei den meisten Männern erweckt eine Frau in Weiß wohl eher Fluchtgedanken!"

– Claudia ließ sich nicht aus der Fassung bringen und gab zurück: „Aber wir befragen heute eine Frau und die hat zudem ihren weißen Lebensabschnitt schon hinter sich."

– Paolo grinste süffisant und meinte: „Na ja, um Argumente bist du ja nie verlegen, aber mich überzeugst du nicht!"

Auch Richard, der gerade herein kam, konnte sich eine Bemerkung nicht verkneifen: „Oh, heute als Elfe unterwegs?" Claudia ließ sich aber nicht mehr zu einer Antwort provozieren, wobei ihr zur Hilfe kam, dass in dem Moment das Telefon klingelte. Es war Marlene, die sie als erstes fragte, wie weit sie denn schon mit ihren Untersuchungen vorangekommen seien, denn schließlich beginne doch am nächsten Wochenende schon das

Schützenfest. Claudia antwortete lachend, dass darauf selbst in Neuss Gewalttäter unverzeihlicher Weise keine Rücksicht nähmen, woraus man schließen könne, dass der Mörder vermutlich kein Neusser sei. Aber sie hätten jetzt wenigstens eine heiße Spur. Marlene erwiderte, das sie darüber aber erleichtert sei und sie auch keinesfalls lange aufhalten wolle, aber sie müsse ihr berichten, dass am Nachmittag des Vortags Lore Nassau mit einer jungen Frau – vielleicht deren Tochter – bei ihnen Kaffee getrunken habe und dabei sei das Hauptgesprächsthema ein eventueller Sohn von Wilhelm Dietrich gewesen und dessen spätere erbrechtlichen Ansprüche. Vielleicht könne das wichtig für den Mordfall sein.

Claudia dankte ihr herzlich und versicherte ihr, dass selbst das kleinste Detail wichtig sein könne. Dann versprach sie ihr noch, sie sobald als möglich aufzusuchen und wandte sich ihren Vorbereitungen für das Gespräch mit Amelie Dietrich zu.

Am frühen Nachmittag kam Leo, um sie abzuholen. Als hätte sie auf der Lauer gelegen, kam auch Vera herein getänzelt und verwickelte Leo in ein Gespräch über den Schal, der sie am Vortag als letztes beschäftigt hatte. Sie hatte bei der neuerlichen Untersuchung festgestellt, dass dieser Schal tatsächlich noch ganz neu sein musste, denn er war bisher kaum getragen. Leo hörte ihr freundlich zu und fragte dann Claudia, ob sie fertig sei. Claudia suchte ihre Unterlagen zusammen und verließ mit Leo das Büro.

– „Warum bist du denn so früh, wir sind doch erst um 16 Uhr mit Amelie Dietrich verabredet“, wunderte sie sich.

– „Na, dann können wir auf jeden Fall noch unterwegs Kaffee trinken und unsere Strategie absprechen“, meinte er, während er sie wohlwollend betrachtete: „Du siehst aber heute edel aus“, nahm auch er Bezug auf ihr Outfit.

– „Dann solltest du aber erst einmal Amelie Dietrich sehen. Da muss man als Frau doch mithalten können. Vielleicht schaust du dich einmal selber an, du siehst doch auch immer aus, als seiest du gerade vom Laufsteg gefallen!“

– „Na, nun übertreib mal nicht, aber trotzdem vielen Dank für dein Kompliment!"

In einem gemütlichen Café ungefähr auf halbem Weg zu Amelie Dietrichs Wohnung glichen sie noch ihre Notizen ab, bis es Zeit war, sich auf den Weg zu ihrer Befragung zu machen.

Sie kamen kurz vor der vereinbarten Zeit bei ihrem Haus an, aber in dem Moment, als sie ausstiegen, fuhr auch Amelie Dietrich vor. Beim Aussteigen fielen ihr zuerst ihr Schlüssel, dann ihre Tasche und dann zum guten Schluss noch eine Einkaufstüte auf die Straße. Amelie Dietrich suchte alles zusammen, bevor sie lachend auf sie zukam.

– „Jetzt haben wir nicht nur einen Traum in Weiß, sondern auch einen Traum in Pink!" grinste Leo Claudia an.

– Die letzen Worte hatte aber Amelie Dietrich auch noch gehört und prustete los: „Wohl eher ein Albtraum in meinem Alter, wie ein Lutschbonbon, aber ich fühlte mich heute morgen sehr nach Pink und so konnte ich auf die – vermutlich berechtigten – Gefühle anderer keine Rücksicht nehmen!"

Amelie Dietrich war bis auf ihren Blazer, der dunkelblau-pink gemustert war und eine dunkelblaue Perlenkette, tatsächlich komplett in Pink gekleidet, selbst die Schuhe und ihre Handtasche bildeten da keine Ausnahme.

– „Aber bitte kommen Sie doch erst einmal herein", lud sie Claudia und Leo mit einer Handbewegung ein, ihr ins Haus zu folgen, nachdem Claudia ihr Leo vorgestellt hatte.

In der Wohnung angekommen, versorgte sie Amelie Dietrich erst einmal mit Getränken, bevor sie sich gemeinsam auf ihrer Terrasse niederließen.

– „Fragen Sie mich, was Sie wollen und ich werde versuchen, Ihnen – so weit es mir möglich ist – Auskunft zu geben", begann sie freundlich das Gespräch.

Leo erläuterte ihr, dass die ihnen überlassenen Briefe durchaus sehr hilfreich gewesen seien, sich daraus aber weitere Fragen ergäben. Ob ihr noch mehr Details über Wilhelm Dietrichs

Verhältnis zu seinen Frauen eingefallen seien? Irgendetwas, das vielleicht nicht in den Briefen stünde?

– Amelie lächelte nachdenklich: „Glauben Sie, dass eine Frau die Tat begangen hat?"

– Claudia erläuterte, dass alles bisher auf eine Beziehungstat im Affekt hinweise und sie daher natürlich sehr an der Beziehung von Wilhelm Dietrich zu seinen jeweiligen Geliebten interessiert seien.

– „Na ja", antwortete Amelie Dietrich, „begegnet bin ich beiden Frauen schon einmal, aber das war auch alles und daher kann ich nur meine flüchtigen Eindrücke schildern. Ansonsten kann ich selbst nur nach den Briefen urteilen. Karen Kleiber empfand ich als eine sehr hübsche, lebhafte Person, die mir eigentlich sympathisch war. Anders als bei Lore Nassau habe ich bis heute eine sehr deutliche Erinnerung an ihr Aussehen. An Lore Nassau hätte ich mich nie wieder erinnert, hätte sie nicht in meinem Leben eine recht bedeutende Rolle gespielt. Sie kam mir blass und nichtssagend vor, eben wie ein graues Mäuschen. Ich wäre niemals auf die Idee gekommen, dass sie in meines Mannes Beuteschema fallen könnte. Er interessierte sich eher für Frauen wie Karen Kleiber: lebenslustig, sexy, aufgeschlossen und zu jedem Blödsinn bereit".

– „Würden Sie sagen, dass Sie selbst in sein Beuteschema passten?" wollte Leo wissen.

– „Soll das heißen, dass ich nicht lebenslustig, sexy und aufgeschlossen bin?" lachte Amelie Dietrich, aber bevor einer von ihnen etwas sagen konnte, fuhr sie schon fort: „Keine Sorge, ich verstehe Sie schon. Ich würde sagen, ich passte im Prinzip nicht in sein Beuteschema. Oder vielleicht nur zum Teil. Bei der Wahl seiner Frauen dachte er nie an Hochzeit, mich wollte er aber fast vom ersten Tag an heiraten. Jedenfalls hat er mir bereits neun Tage nach unserem Kennenlernen einen Heiratsantrag gemacht, den ich zwar anfänglich für einen Witz hielt – er machte mir den Antrag mitten auf einer Kreuzung, die wir gerade zu Fuß überquerten. Ich musste so lachen, dass ich einfach mitten auf der Kreuzung auf den Boden sank – mitsamt aller Einkaufstüten –

und dann den ganzen Verkehr aufhielt. Das war vielleicht ein Gehupe. Warum er mich aber unbedingt heiraten wollte, ist mir eigentlich nie ganz klar geworden. Ich dachte anfangs, er wolle nur heiraten, weil ich es nicht wollte. Vielleicht gefiel ihm aber auch an mir, dass ich immer die komischen Seiten des Lebens sehe und auch über mich selbst lachen kann. Vielleicht gefiel ihm auch meine Herkunft. – Ich kann es Ihnen nicht genau sagen, weil ich – wie gesagt – selbst keine Ahnung habe. Im Prinzip hatten wir im Rückblick gesehen keine Gemeinsamkeiten. Mich zieht es immer wieder in die Welt hinaus, während sein Bewegungsradius sich eigentlich an den Neusser Stadtgrenzen orientiert, über die er zwar beruflich hinausgekommen ist, und hin und wieder auch im Urlaub, aber höchstens bis Südfrankreich. Das alleine spricht ja schon für sich.

Ich denke, es verlief bei uns nach dem Motto: Gegensätze ziehen sich an. Das mag zwar seine Berechtigung haben, aber beziehungstechnisch funktioniert wohl eher das Motto: Gleich und Gleich gesellt sich gern. Und daraus lässt sich vermutlich auch seine lange Beziehung zu Lore Nassau erklären."

Nach einer kurzen Denkpause kam sie auf wieder auf die Beziehung ihres Mannes zu Karen Kleiber und Lore Nassau zu sprechen. Sie habe sich natürlich nach Claudias Besuch darüber Gedanken gemacht und habe daher noch einmal den Ordner mit den Briefen, die Wilhelm Dietrich ihr selbst geschrieben habe, durchgesehen. Das sei aber nicht sehr ergiebig gewesen, denn sie habe nur einen einzigen nicht sehr freundlichen Hinweis auf Lore Nassau gefunden und kein Wort über eine andere Frau. Mit den Worten stand sie auf und holte einen weiteren Ordner herbei. Nach kurzem Blättern fand sie die gesuchte Stellt und reichte ihnen den Ordner: „Lesen Sie bitte selbst".

Die Stelle war angestrichen: „Was Lore betrifft, habe ich noch nie eine so kalte und berechnende Frau gekannt!" hatte Wilhelm Dietrich geschrieben.

– Claudia und Leo schauten sich an: „Warum, zum Teufel, ist er dann mit ihr zusammengeblieben?" fragte Leo.

– „Keine Ahnung", sagte Amelie Dietrich nachdenklich, „Ich habe ihn oft genug danach gefragt und immer nur die erschöpfende und für mich recht alberne Antwort erhalten, dass er nicht ‚wolle' sondern ‚müsse'! Was allerdings dahinter steckt, kann ich Ihnen auch nicht sagen. Ich hatte ja schon Frau Pflumm erzählt, dass ich mir das nur so erklären kann, dass sie eine ‚gemeinsame Leiche' im Keller haben müssen. Es mag allerdings auch sein, dass es wegen der beiden Töchter von Frau Nassau ist, weil er sich für diese verantwortlich fühlt. Das wäre das erste Mal, dass er ein Verantwortungsgefühl entwickelt hat – was ich allerdings kaum zu glauben im Stande bin!" Sie überlegte: „Irgendwie hat sie ihn aber damals mit ihren Töchtern auch ganz schön unter Druck gesetzt. Vielleicht liegt es also doch daran und nicht an der sogenannten ‚Leiche'. Schließlich wollte er immer gerne Kinder haben!"

– Claudia blickte auf den Ordner mit den Briefen: „Können Sie uns den Ordner auch noch vorübergehend zur Verfügung stellen? Vielleicht können wir daraus noch neue Erkenntnisse über Wilhelm Dietrich gewinnen."

– Amelie Dietrich nickte: „Sicherlich, aber ich glaube, dass da nicht mehr viel zu finden ist".

– „Übrigens", klärte Leo Amelie Dietrich auf, „es könnte sein, dass da noch ein Nachkomme von Wilhelm Dietrich ins Spiel kommt. Die Ermordete hatte einen Sohn, der durchaus von Ihrem Mann stammen könnte".

– Amelie Dietrich fing etwas verwirrt, aber schadenfroh an zu grinsen: „Ach je, und jetzt glauben Sie, dass Lore Nassau die Dame aus Norddeutschland aus diesem Grund umgebracht hat? Das macht aber doch keinen Sinn, dann hätte sie doch besser den Sohn umbringen sollen, um ihre finanzielle Zukunftsplanung zu sichern, denn das wird meinen Mann mehr oder weniger aus dem Häuschen bringen!"

– „Na ja, unterhaltspflichtig ist der Sohn nicht mehr. Er steht bereits fest auf seinen eigenen Beinen und im Berufsleben. Aber Sie haben schon recht, Wilhelm Dietrich ist sehr interessiert, darüber mehr zu erfahren!"

– „Jetzt aber noch etwas anderes“, griff jetzt Leo ein, „Ihr Mann hat sich – wie aus dem Brief von Lore Nassau hervorgeht – ihr gegenüber als Zuhälter bezeichnet. Können Sie uns dazu etwas sagen?“

– Amelie Dietrich fing an zu lachen: „Das hätte er wohl gerne, aber dazu hat er nicht das Format. Er hat zwar immer den Kontakt zu diesem Milieu gesucht, aber er hat auch viel Geld dort gelassen. Und das spricht ja kaum für eine erfolgreiche Tätigkeit als Zuhälter in diesen Kreisen. Ich würde also davon ausgehen, dass er sich eher als Kunde dort einen Namen gemacht hat!“

– „Aber er hatte offenbar einen engeren Kontakt zu einem Düsseldorfer Unterweltchef!“ erwiderte Leo.

– Amelie überlegte: „Richtig, da war etwas. Sehen Sie, das alles liegt schon so lange zurück für mich, dass ich mich kaum noch daran erinnere. Aber Sie haben recht. Ich glaube, es handelte sich dabei um einen Bekannten aus Jugendtagen. Der Name fällt mir allerdings nicht mehr ein. Begegnet bin ich ihm nie. Ich weiß nur aus Erzählungen, dass mein Mann immer davon gesprochen hat, dass er eiskalte blaue Augen habe. – Aber ich halte es für ziemlich ausgeschlossen, dass mein Mann wirklich in diesem Milieu eine Rolle gespielt haben könnte. Vielleicht hat er hin und wieder kleinere Handlangerdienste für seinen großen Freund geleistet. Ich erinnere mich an eine solche Passage aus den Briefen von Lore Nassau gar nicht mehr. Wenn er sich aber selbst vor dieser als Zuhälter bezichtigt hat, war es entweder reine Angabe, oder er wollte sie abschrecken. Letzteres kommt mir eher wahrscheinlich vor. Denn jede Frau würde so etwas doch als Abschreckung empfinden – besonders wenn sie Kinder hat. Vielleicht hat er gehofft, dass er sie dadurch los wird?“ Sie brach ab und überlegte: „Hat aber wohl offenbar nicht geklappt! Und ob Sie es glauben oder nicht, das tut mir richtig gut, denn ich finde, sie haben sich beide verdient. Komisch, nicht wahr, selbst nach so langer Zeit ist Rache noch ein gutes Gefühl!“

In dem Moment klingelte es und Amelie Dietrich ging zur Türe und ließ einen großen schlanken Mann ein, den sie als ihren Lebensgefährten, Henry Spies, vorstellte. Er wollte sich erst zurückziehen, um das Gespräch nicht zu stören, aber Leo und Claudia beteuerten, dass sie praktisch fertig seien.

Claudia zog das Protokoll hervor, das sie nach ihrem letzten Besuch verfasst hatte und bat Amelie Dietrich, es sich noch durchzulesen und zu unterschreiben. Amelie nahm die Blätter in die Hand: „Du liebe Zeit, haben ich so viel geredet damals? Ich entschuldige mich, aber das ist mein Manko: Einmal losgelassen, höre ich nicht mehr auf zu reden! Ich schaue es eben durch. Sie dürfen so lange mit Herrn Spies vorlieb nehmen!" und verschwand nach drinnen.

– Der Lebensgefährte von Amelie Dietrich nahm auf dem freigewordenen Sessel Platz und schaute mit humorvollem Blick von einem zum anderen: „Sind Sie schon weitergekommen mit dem Fall? Sind wir auch verdächtig?"

– „Bisher noch nicht", schmunzelte Leo.

– „Kann ja noch kommen," lachte Henry Spies.

– Aber dann frage Leo Henry Spies noch nach seinen Eindrücken von Wilhelm Dietrich. „Ich kenne ihn ja nur aus den Erzählungen von Frau Dietrich. Aber von daher halte ich ihn für einen sehr charakterschwachen, falschen Fuffziger, unfair und verlogen. Ich hätte es gerne gesehen, wenn Amelie sich längst von ihm hätte scheiden lassen. Nicht weil es für mich wichtig wäre, sondern für sie selbst. Schließlich musste sie sich ständig noch um seine Belange kümmern, weil er selbst vieles nicht auf die Reihe bekam. Und das war oft ganz schön stressig und auch belastend. Aber jetzt hoffe ich ja, dass sie ihn endlich los wird. Ich glaube, die Eltern von Frau Dietrich werden ein Freudenfest feiern, wenn diese Ehe Geschichte ist!" Spies lehnte sich nach dieser Rede zurück und lächelte sie freundlich an.

Danach kamen sie auf andere Themen, besonders auf Asien, wo Henry Spies einen großen Teil seines Lebens verbracht hatte und das auch auf Claudia – wie sie Amelie bereits bei ihrem letzten Besuch erzählt hatte – eine große Anziehungskraft ausübte. Wie Claudia feststellte, konnte aber auch Leo einiges zum Gespräch beitragen, da auch er in seiner Jugend als Diplomatensohn einige Jahre in China verbracht hatte und auch später immer wieder gern in Asien gereist war. Claudia war begeistert und hörte Leo sehr aufmerksam zu. Sie bekam immer neue Facetten von ihm zu sehen und was sie sah, gefiel ihr immer besser. Während die Männer sich unterhielten, gestand sie sich zögernd ein, dass ihr Leo doch ziemlich wichtig wurde. Sie schaute an sich herunter und war sich darüber im Klaren, dass auch ihre Bekleidungsprobleme am Morgen, eher durch Leo verursacht worden waren als durch Amelie Dietrichs eigenwilligen und farbenfrohen Kleidungsstil. Diese Überlegungen verunsicherten sie sehr, denn keinesswegs wollte sie sich neu verlieben. Aus Leos Flirtverhalten konnte sie Sympathie, Freundschaft und auch Fürsorglichkeit erkennen, aber keine weiteren Absichten. Und das ist auch gut so, rief sie sich zur Ordnung, denn für alles andere ist es noch viel zu früh. Damit wandte sie sich wieder der Unterhaltung von Leo und Henry Spies zu.

In diesem Moment kam aber auch schon Amelie Dietrich zurück, überreichte ihr Protokoll und sie standen auf, um sich zu verabschieden.

– „Schade“, meinte Leo, „aber vielleicht ergibt ein anderes Mal die Gelegenheit zu einem weiteren Gespräch!“

– „Aber immer gern“, antwortete Henry Spies, „Sie können jederzeit anrufen oder vorbeikommen. Wir freuen uns auf jeden Fall sehr!“

– „Das werden wir bestimmt bald mal machen“, lächelte Leo und verabschiedete sich mit Claudia.

– „War das dein Ernst“, fragte Claudia ihn, als sie wieder im Auto saßen.

– „Sicher“, meinte er, „es sei denn, du möchtest das nicht. Allerdings müssen wir erst mit unserem Fall fertig werden. Und dann müssen wir auch deinen Fall klären“.

– „Meinen Fall?“ fragte Claudia mit dünner Stimme, „was meinst du damit?“

– „Na, meine Schöne“, lächelte Leo warm, „was werde ich schon damit meinen, ich muss doch wissen, wohin deine Gefühle laufen, bevor ich gemeinsame Termine für uns mache!“

– Claudia wurde rot und sehr nervös: „Ich glaube, wir sollten einen Fall nach dem anderen klären. Und jetzt ist Christine Englert dran!“

– „Na, dann schlage ich vor, dass wir uns damit sehr beeilen, denn ich mag keine ungeklärten Fälle! Weder den einen, noch den anderen!“ damit beendete Leo dieses verfängliche Gespräch.

26. Resümee und überraschende Wendung

Am nächsten Morgen trafen sie sich alle im Besprechungszimmer, um aus ihren Erkenntnissen ein Resümee zu ziehen. Leo hatte an diesem Morgen einen Gerichtstermin und nahm daher nicht an der Besprechung teil. Also waren sie nur zu viert, denn auch Vera hatte sich ihnen angeschlossen.

Bevor sie beginnen konnten, betrat Rainer Karmug den Raum, begrüßte sie alle jovial, schüttelte Vera die Hand mit einem begeisterten: „Frau Kuhn, das ist ja ganz ausgezeichnet, dass sie uns auch unterstützen, ganz herzlichen Dank. Sie haben ja schon sehr viel Erfahrung gesammelt und dass sie die uns jetzt zur Verfügung stellen wollen, finde ich ganz reizend!" Dann fuhr er an die Runde gewandt fort, „Wie sieht es denn mit unserem Fall aus? Sind Sie vorangekommen? Es sind nur noch ein paar Tage bis zum Schützenfest und gestern habe ich den Bürgermeister getroffen, der natürlich sehr interessiert an Ihren Fortschritten ist! Und ich hoffe, Sie können Herrn Dietrich inzwischen ausschließen!"

Richard als Dienstältester und auch als Diplomatischster von ihnen erklärte Karmug, dass sie sich gerade getroffen hätten, um aus den bisherigen Untersuchungen ein Resümee zu ziehen und ihr weiteres Vorgehen zu besprechen. Sie würden ihn danach gerne über ihre Ergebnisse und ihre Verdachtsmomente informieren. Um ihn zu beruhigen, teilte er ihm auch mit, dass Wilhelm Dietrich nicht an oberster Stelle ihrer Verdächtigen stehe.

Karmug entspannte sich tatsächlich sofort. Als er erfahren hatte, dass sein Schützenkollege nicht der Hauptverdächtige war, wollte er über die anderen Verdächtigen nichts mehr erfahren. Er verließ sie zufrieden und forderte Richard überflüssigerweise auf, ihn hinterher über ihre Sitzung zu informieren.

– „Hui", meinte Claudia, „kaum scheint ihm der heilige Ober-Schützenbruder aus dem Schneider zu sein, hebt er ihn gleich wieder auf sein hohes Ross. Hauptsache das Schützenfest ist gerettet – höchste Maxime: Schützen muss man schützen! Ob er eigentlich auch darüber nachdenkt, dass es – falls das unmoralische Privatleben des holden Oberschützen damit zu tun hat – vermutlich auch einen Skandal geben wird, sobald die Presse davon erfährt?"

– „Ich nehme an, er hofft, dass der Eklat, falls man ihn nicht vertuschen kann, erst nach dem Schützenfest passieren wird und bis zum nächsten Schützenfest ist dann Gras darüber gewachsen!" Richard schüttelte überlegend den Kopf, „Aber lasst uns jetzt erst einmal alle unsere Fakten auflisten. Was haben wir bis jetzt? Alles dreht sich um unseren Schützen-Chef und seine vier Frauen.

Amelie, seine Ehefrau, können wir – glaube ich – nach dem bisherigen Erkenntnisstand ausschließen, es sei denn, dass sich noch irgendetwas ganz Neues ergibt. Sie lebt seit vielen Jahren in einer Beziehung und hatte eigentlich keinen Grund, eine Frau, von deren Existenz sie nur am Rande wusste, umzubringen.

Dann bleiben also nur noch Lore Nassau und Karen Kleiber. Lore Nassau, seit Jahren die Lebensgefährtin von Wilhelm Dietrich, ist offensichtlich sehr frustriert von ihrer Beziehung, denn es ging ihr darum, vom Ober-Schützenbruder geheiratet zu werden. Das Ziel hat sie allerdings auch nach so vielen Jahren nicht erreichen können. Sie hatte also etwas zu verlieren. Allerdings scheint sie von seinen weiteren Geliebten nichts Näheres gewusst zu haben – oder sie wollte es nicht wissen.

Über Karen Kleiber können wir nichts Näheres sagen, da sie noch nicht wieder aufgetaucht ist. Am besten sollten wir sie so langsam zur Fahndung ausschreiben, denn ohne sie kommen wir nicht weiter!"

An diesem Punkt von Richards Überlegungen, betrat die Polizistin, die mit den Nachforschungen nach der Herkunft von Christine Englerts Schal beauftragt war, aufgeregt das Besprechungszimmer mit den Worten: „Ich habe den Laden, in dem der Schal gekauft und glücklicherweise auch mit Kreditkarte bezahlt wurde, gefunden!"

– „Von wem?“ Claudia spürte ihren Adrenalinspiegel ansteigen.

– „Von Wilhelm Dietrich! Und da hat er sich ganz schön ins Zeug gelegt! Jeder Schal hat € 127,00 gekostet! Er hat nämlich zwei gleiche Schals gekauft!“

– „Das haben Sie super gemacht!“ lobte Richard die junge Polizistin, die sich daraufhin verabschiedete.

– Die Kollegen schauten sich an: „Wer mag denn den zweiten Schal bekommen haben? Amelie Dietrich, Lore Nassau oder Karen Kleiber?“ überlegte Claudia. „Das müsste doch am besten der Ober-Schütze Blaubart wissen. Einer von euch Männern ruft bei ihm an, denn schließlich muss der ja am besten wissen, wem er teure Geschenke gemacht hat!“

Claudia hatte dabei im Sinn, dass – falls Lore Nassau den Anruf entgegennehmen sollte –, sie ihr vielleicht ein Gespräch mit Dietrich verweigern würde, so eifersüchtig wie sie ihren Wilhelm bewachte. Sie hatte es zwar nicht ausgesprochen, aber den Kollegen war ihr Grund, den Anruf nicht selbst vorzunehmen, sofort klar.

Richard griff zum Telefonhörer und erreichte Wilhelm Dietrich auch sofort. Nach kurzem Gespräch erläuterte er den gespannt wartenden Kollegen: „Den zweiten Schal schenkte er Karen Kleiber. Ich denke jetzt ist klar, dass wir sie zur Fahndung ausschreiben sollten!“

Dazu kam es aber nicht mehr, denn plötzlich wurde die Türe aufgerissen und die junge Polizistin, die die Nachforschungen nach dem Schal so erfolgreich durchgeführt hatte, stand etwas atemlos in der Tür: „Eine Karen Kleiber hat sich in einer Pension in Südfrankreich, genauer in Menton, das Leben genommen! Gerade ist die Nachricht von den französischen Kollegen hereingekommen. Ich dachte, das sollten Sie sofort wissen. Man hat eine Neusserin mit dem Namen Karen Kleiber tot aufgefunden. Es handelt sich dem ersten Augenschein nach offensichtlich um Selbstmord, denn es gibt einen Abschiedsbrief“.

Sie saßen erst mal einen Moment sprachlos da. Claudia war die erste, die die Initiative ergriff. Sie ließ sich die Nummer der Gendarmerie in Menton geben und da sie hervorragend französisch sprach, rief sie sofort dort an. Sie sprach länger mit den dortigen Beamten und klärte sie auch kurz über die Vorfälle in Neuss auf.

Danach berichtete sie; „Also es stimmt: Karen Kleiber hat sich nach Auskunft der Kollegen in Frankreich offensichtlich selbst das Leben genommen – mit Tabletten. Wir werden gleich die Polizeifotos per Email bekommen und ihren Abschiedsbrief per Fax". Claudia verstummte und einen kurzen Moment hingen sie alle ihren Gedanken nach. Auch wenn sie noch nicht wussten, ob sich der Fall damit geklärt hatte, schockierte sie die Nachricht vom Tod der ihnen ja bisher unbekannten und offensichtlich sehr deprimierten Karen Kleiber sehr.

Kurze Zeit darauf lag bereits das Fax mit dem Abschiedsbrief vor. Ebenso war die Mail mit den Fotos eingetroffen. Eine schlanke Frau mit sinnlichen Lippen und braunen Locken lag auf dem Hotelbett. Sie hatte sich mit dem verräterischen Schal bedeckt und neben ihr lag der Abschiedsbrief. Claudia empfand großes Bedauern für die unglückliche selbst im Tod noch hübsche Frau und entnahm dem Schweigen der anderen, dass es ihnen ebenso erging.

Der Brief erbrachte dann, wie fast erwartet, die Antwort auf alle ihre offenen Fragen in diesem Fall. Er war an Wilhelm Dietrich gerichtet:

Mein geliebter Schatz,
ich bin so unendlich traurig und enttäuscht, dass ich keinen Sinn mehr in meinem Leben sehen kann. Ich kann nicht mehr und ich will auch nicht mehr. Alle Deine Versprechungen und Beteuerungen über mehr als 20 Jahre hinweg waren Lügen. Du hast meine Liebe und mich immer wieder verraten. Wie oft hast Du mir gesagt, ich sei der liebste und wertvollste Mensch in Deinem Leben – alles

leere Worte. Und mit den Kosenamen, die Du mir immer gabst „Schnübbelchen", „Büsselchen" oder nur „Maus", die mich so glücklich machten, hast Du bestimmt jede Deiner Geliebten angesprochen. Ich kann den Gedanken kaum ertragen, dass alles an Dir unecht und unehrlich war. Wie habe ich mich gefreut, als Du mir zu meinem Geburtstag diesen wunderbaren Schal geschenkt hast. Jeden Tag habe ich ihn mit großem Stolz getragen und dann sehe ich Dich mit einer anderen Frau aus unserem Liebesnestchen – wie Du es immer nanntest – kommen. Und sie trägt den gleichen Schal und Du küsst sie zum Abschied so, wie ich dachte, dass Du nur mich küsst. Ich bin ihr gefolgt und wollte mit ihr reden. Aber ich bin mit ihr in Streit geraten, als ich sah, dass sie auch die gleiche Handtasche hatte, wie Du sie mir zu meinem letzten Geburtstag geschenkt hast. Ich wollte es nicht tun, aber als sie mir sagte, dass sie einen Sohn habe, wusste ich gleich, dass sie von Deinem Sohn sprach. Da habe ich den Schal zugezogen. Ich wollte sie nicht töten, aber ein Kind mit mir hast Du nicht gewollt.
Hier in Menton waren wir immer so glücklich in unserem kleinen Hotel. Ich wollte wieder glücklich sein und war an allen Orten, die wir so geliebt haben: in Monaco, im Café de Paris; in La Turbie, in Eze im Lokal Col de la Croix du Pape – aber es hat nicht geholfen, sondern ich bin nur noch verzweifelter. Du hast mein Leben zerstört und ich habe das Leben dieser Frau zerstört. Damit kann ich nicht mehr weiterleben.
Ich habe Dir immer gesagt, dass ich Dich so sehr liebe, dass ich für Dich sterben würde, jetzt aber sterbe ich durch Dich
Karen

– Richard lehnte sich zurück und meinte: „Die arme Frau, sie tut mir wirklich Leid. Wie viel Unglück hat dieser Kerl angerichtet mit seiner Frauen verachtenden Behandlung seiner Geliebten!"

– „Und bestimmt ist er sich dabei auch noch ganz toll vorgekommen", unterbrach Claudia ihn.

– Jetzt meldete sich auch Vera zu Wort: „Aber seine Lore, die hat ihn jetzt ganz für sich! Seine beiden Geliebten sind tot, von seiner Ehefrau wird er bald geschieden und eine neue Geliebte wird er wohl hoffentlich nicht mehr finden, wenn diese Geschichte bekannt wird!“

27. Der Fall wird abgeschlossen

Am nächsten Morgen begrüßte sie als erstes Rainer Karmug und gratulierte ihnen zur Aufklärung des Falls. Man merkte ihm die Erleichterung und den Stolz an, als er betonte, dass der Bürgermeister ihm persönlich noch am Vorabend gratuliert und ihn gebeten habe, seinem ganzen Team herzlich zu gratulieren und sie zu einem Umtrunk am Nachmittag ins Rathaus einzuladen: „Also, meine Lieben, wer Zeit hat, kommt mit mir heute Nachmittag ins Rathaus. Und nun können wir auch ganz entspannt Schützenfest feiern. Das Wetter soll ja hervorragend werden. Und, Frau Pflumm, meine Frau hat mir extra aufgetragen, Sie zu grüßen und Ihnen zu sagen, wie sehr sie sich auf Sie freut!"

„Oh Gott, das musste ich jetzt nicht haben", dachte Claudia bei sich, „Kaum haben wir ein Elend, schlimmer als die sieben Plagen vom Schützenfest abgewendet, muss er mir schon wieder damit drohen!" Aber sie machte gute Mine und murmelte, dass auch sie sich sehr freue.

Karen Kleibers Wohnung war inzwischen durchsucht worden und dabei war auch noch die letzte Lücke in ihren Ermittlungen geschlossen worden: Die Handtasche von Christine Englert mitsamt ihrem Handy waren dort gefunden worden. Damit war der Fall praktisch abgeschlossen.

Sie erwarteten jetzt nur noch Wilhelm Dietrich, um ihn mit dem Abschiedsbrief von Karen Kleiber zu konfrontieren und Christoph Englert, um ihm die Handtasche seiner verstorbenen Mutter auszuhändigen. Leo war inzwischen auch bei ihnen eingetroffen, denn auch er sollte sie zum Umtrunk beim Bürgermeister begleiten.

Wilhelm Dietrich und Christoph Englert kamen fast zur gleichen Zeit im Präsidium an. Wilhelm Dietrich war in Begleitung von Lore Nassau. Christoph Englert begrüßte Dietrich und Lore Nassau nur mit einem kühlen Kopfnicken und wurde dann von Claudia und Leo hereingeholt, während Paolo und Richard sich mit dem Schützenbruder und Lore Nassau in einen anderen Raum begaben. Dietrich brach fast zusammen, als er vom Tod Karen Kleibers erfuhr und den an ihn gerichteten Brief las, der als Beweisstück natürlich noch bei den Unterlagen im Präsidium bleiben musste. Lore Nassau sah man zwar ihren Unwillen an, aber sie hielt sich völlig zurück.

Christoph Englert drückte Claudia Pflumm und Leo van Kameren seine Erleichterung aus, dass jetzt alles vorbei sei und er seine Mutter nach Hause überführen und beerdigen könne. Er drückte sogar sein Bedauern für Karen Kleiber aus, was Claudia positiv überraschte. Leo und Claudia verließen danach zusammen mit Christoph Englert das Präsidium, um sich von ihm zu verabschieden und anschließend ins Rathaus zum Umtrunk des Bürgermeisters zu gehen.

Auf dem Parkplatz des Präsidiums trafen Christoph Englert und Wilhelm Dietrich, der mit Lore Nassau etwas später das Präsidium verlassen hatte, noch einmal aufeinander. Wilhelm Dietrich machte einen Schritt auf Christoph Englert zu, der ihn emotionslos ansah: „Christoph, sollen wir nicht herausfinden, ob Sie mein Sohn sind?"

Lore Nassaus Augen verengten sich und man konnte ihr den Ärger ansehen. Christoph Englert reagierte kaum merklich und sein Blick wanderte langsam zwischen Wilhelm Dietrich und Lore Nassau hin und her. Nach einer Weile sagte er schleppend: „Ich habe es meiner Mutter, so lange sie lebte, sehr verübelt, dass sie mir den Namen meines Vaters vorenthalten hat". Wilhelm Dietrich machte eine Bewegung auf ihn zu. Christoph Englert fuhr fort: „Aber heute weiß ich, dass sie mir damit nur einen Gefallen getan hat. Vielleicht sind Sie mein Vater, vielleicht auch nicht. Mir ist die Vorstellung sympathischer, dass Sie es nicht sind!" Damit wandte er sich ab und ging noch einmal hinüber zu Claudia und Leo: „Ich möchte mich von Ihnen verabschieden und Ihnen danken". Er drückte beiden herzlich die Hand und drehte sich zu dem Taxi um, das schon auf ihn wartete.

Auch Wilhelm Dietrich wandte sich von Lore Nassau gedrängt ab und ging schwerfällig und mit hängenden Schultern in Richtung seines Wagens.

Leo blickte Wilhelm Dietrich nach und sagte dann zu Claudia: „Ein bühnenreifer Abgang der Akteure. Jetzt kommt unser Part: Richard, Paolo und Vera treffen sich nach dem ehrenden Umtrunk im Rathaus in der Trattoria und erwarten auch uns dort. Gehen wir ebenfalls dorthin oder vergessen wir Rathaus und Trattoria und suchen uns gleich eine ruhige Zuflucht mit Kerzenschein in Zweisamkeit zum Reden? Schließlich steht unser undatierte Date noch aus!“ Er lächelte sie warm an, während Claudia ihn unbewegt ansah. Langsam verzog sich ihr Gesicht zu einem schelmischen Lächeln und sie erwiderte: „Worauf wartest du denn noch? Gehen wir!“

28. Ausklang

Bei herrlichem Sonnenschein saß Claudia zwischen vielen, festlich gekleideten Zuschauern und Schützenfrauen auf der Tribüne. Neben ihr saß Sylvia, die 19jährige, sehr attraktive Tochter der Karmugs, die ihr morgens die Türe geöffnet hatte, als sie sehr elegant in ein blaues Kostüm aus Schantung-Seide mit passendem Hut gekleidet, bei Karmugs angekommen war. Sie hatten sich beide sofort hervorragend verstanden, was schon aus ihrem nicht allzu großen Altersunterschied zu erklären war. Auch Sylvia trug dem Anlass entsprechend ein wunderhübsches sommerliches Kleid, das sie sich – wie sie ihr gleich zu Anfang anvertraut hatte – für eine Hochzeit angeschafft habe. Bei der habe dann die Braut den Bräutigam vor dem Standesamt stehen lassen, das sei toll gewesen. Gemeinsam amüsierten sie sich über die geplatzte Hochzeit. So hatte der Tag, dem sie mit Grauen entgegengesehen hatte, sehr fröhlich und mit einem grandiosen Brunch bei Karmugs begonnen.

Und trotz ihrer inneren Abwehrhaltung gegen alles was das Schützenfest betraf, begann Claudia Freude an dem farbenprächtigen Bild der aufmarschierenden Schützen mit den großartigen Blumenhörnern zu finden.

Ihre Zeit in Neuss hatte vor wenigen Wochen stürmisch begonnen. Sie war direkt in den Arbeitsalltag hineingeworfen worden und ihre Beziehung zu Ronald war unerfreulich zerbrochen. Aber vielleicht hatte sich auch dadurch sehr schnell ein so guter Kontakt zu ihren Kollegen Richard, Paolo und Leo entwickelt, die sie von Anfang an herzlich mit ihrem besonderen rheinischen Humor aufgenommen hatten. Und dann waren da noch Marlene, die jetzt ein paar Reihen hinter ihr saß und ihr von Anfang an ans Herz gewachsen war, genauso wie Eleni und Roberto. Im Grunde hatte sie das Gefühl, eine Art zweiter Familie dazu gewonnen zu haben.

Claudia lächelte: An und für sich war sie sehr zufrieden mit den Veränderungen in ihrem Leben. Erstaunt sah sie plötzlich an sich herunter und stellte fest, dass sie mit dem Fuss zur Marschmusik den Takt schlug und da war ihr klar, sie würde auch die anderen Schützenumzüge ansehen und den Kollegen Blumen bringen – selbst Rainer Karmug. Schließlich gehörte sich das so beim Schützenfest. – Und irgendwann nach dem Schützenfest würde sie dann endlich die beiden letzten Umzugskartons auspacken, die immer noch in ihrer Wohnung standen. Ihr Lächeln vertiefte sich: Endlich fühlte sie sich angekommen in Neuss.

29. Epilog

In der Marienkirche war der Trauergottesdienst für Wilhelm Dietrich beendet. Claudia Pflumm und ihr Kollege und Vorgesetzter Richard Berg hatten dem Gottesdienst letzendlich entspannt folgen können, da er ohne Störungen verlaufen war, was bereits in der Anfangsphase erkannt werden konnte. Es hatte viel Aufregung im Vorfeld dieser Trauerfeier gegeben, die Anlass zur Besorgnis gegeben hatte. Viele der Beteiligten waren Claudia und Richard aus den Ermittlungen des Mordfalls Christine Englert bekannt und der Verstorbene Wilhelm Dietrich hatte eine zentrale Rolle darin gespielt. Claudia Pflumm hatte erwartet, dass dieser Mordfall so kurz vor dem Neusser Schützenfest einen Skandal bei den Neusser Schützen verursachen würde, aber erst durch den tragischen Verkehrsunfall von Wilhelm Dietrich war der Skandal letztendlich ausgelöst worden. War er zuvor vertuscht worden oder hatte das Schützenfest alle anderen Emotionen verhindert?

Jetzt – ein halbes Jahr später – wurde durch den Tod des Schützenvorsitzenden der Skandal um seine Person doch noch ausgelöst. Auch jetzt hatte man sich wiederum bemüht, diesen Skandal zu vermeiden, indem man seinen Tod vor der Ehefrau zu verheimlichen versucht hatte. Als sie es aber trotz aller Bemühungen der Geliebten und ihres Anwalts doch noch auf ungewöhnlichen Wegen erfahren hatte, hatte man durch Bedrohung versucht, sie von der Teilnahme an der Beerdigung abzuhalten. Schon die Organisation der Beerdigung durch die Ehefrau hatte man durch sehr zweifelhafte und sehr undurchsichtige Aktionen verhindert, wogegen Amelie Dietrich gegen den Rat ihres Anwalts nur aus Respekt vor und aus Zuneigung zu ihrem Mann nicht gerichtlich einschritt.

Claudia konnte das nicht so recht nachvollziehen und auch ihre Kollegen waren der Meinung, dass Amelie Dietrich sich diesem Geflecht von Unehrlichkeit und Klüngel hätte widersetzen müssen. Aber es war unverkennbar, dass Amelie durch den Tod ihres Mannes sehr geschockt war und in ihrer Trauer nur wollte, dass die Beerdigung von Wilhelm Dietrich in seinem Sinne vonstatten gehen sollte.

Die Todesanzeigen von beiden Frauen, der Ehefrau und der Geliebten, waren dann pikanterweise am gleichen Tag in der Neusser Tageszeitung erschienen und hatten in Neuss letztendlich den Skandal verursacht, den Claudia schon bei Abschluss des Mordfalls erwartet hatte. Die Tatsache, dass das Leben des großen Schützenvorsitzenden nicht so christlich makellos gewesen war, wie die Vereinsstatuten es vorschrieben und seine angebliche Ehefrau nur seine Geliebte gewesen war, hatte doch viele Neusser enttäuscht und für sowohl hämisches als auch entsetztes Gerede gesorgt.

Die Drohungen aber, die die Teilnahme von Amalie Dietrich an der Beerdigung des Mannes, mit dem sie seit 35 Jahren verheiratet war und mit dem trotz all seiner ehelichen Entgleisungen eine gute Beziehung gepflegt hatte, verhindern sollten, hatte Amelie Dietrich bewegt, sich mit Claudia in Verbindung zu setzen, mit der sie seit dem Mordfall in lockerer Verbindung geblieben war. Da auch im Polizeipräsidium bereits ein anonymer Hinweis auf eine Bedrohung von Amelie Dietrich eingegangen war, wurden Amelie Dietrichs Befürchtungen nicht als die Äußerungen einer hysterischen Frau angesehen, sondern die Polizei war bereits vorher hoch sensibilisiert gewesen. Man hatte im Vorfeld recherchiert und dieser Drohung versucht durch die Aufmerksamkeit der Polizei entgegenzuwirken. Diese Vorgehensweise schien erfolgreich gewesen zu sein. Amelie Dietrich und ihre zahlreichen alten Freunde aus frühen gemeinsamen Zeiten hatten sich entschlossen, der Neusser Gesellschaft aus dem Weg zu gehen und die Beerdigung ‚antizyklisch' – wie Amelie es genannt hatte – zu gestalten. Das bedeutete, dass sie zwar am Trauergottesdienst teilnehmen aber nicht mit der Schützengesellschaft auf dem Friedhof gehen wollten, sondern erst nach einem gemeinsam Essen auf dem Friedhof Abschied nehmen würden. Dazu waren auch Claudia Pflumm und Richard Berg eingeladen.

Es wurde ein zum Teil sogar heiterer aber ebenso würdevoller Abschied, in dem der Verstorbene Claudia und Richard auch aus ganz anderen Perspektiven nahe gebracht wurde, denn hier waren Freunde aus seiner Jugend, seiner Schul- und Studienzeit und seiner Berufstätigkeit zusammengekommen und erinnerten sich an viele vergnügte Zeiten, die sie mit Wilhelm Dietrich erlebt hatten.

Daher war es auch für Claudia und Richard ein versöhnlicher Abschluss ihrer Begegnung mit dem Schützenvorsitzenden, da sie durch seinen Tod auch von sympathischen Charaktereigenschaften des Wilhelm Dietrich erfuhren, die ihn trotz der vergangenen Ereignisse in einem positiveren Licht dastehen ließen.

*

Claudias Lieblingsrezepte

Cantuccini

Cantuccini mit Cranberrys

250 g Mehl
200 g Zucker
2 TL Backpulver
2 Eier
125 g gemahlene Haselnüsse (oder Mandeln)
1 Packung Bourbon-Vanille
1 Packung Orangenfrucht (Dr. Oetker Finesse)
1 EL Amaretto
1 Prise Salz
Einige Tropfen Bittermandelaroma
Einige Tropfen Butteraroma
150 g Haselnüsse
100 g getrocknete Cranberrys
3 getrocknete Aprikosen

Die Cranberrys und Aprikosen in sehr feine Würfel schneiden. Alle Zutaten bis auf Früchte und ganze Haselnüsse zu einem Teig kneten, dann zuerst die kleingehackten Früchte und zum Schluss die Haselnüsse zugeben, gut durchkneten und für ca. 30 Min. kaltstellen. Anschließend zu Rollen von ca. 2,5 cm Durchmesser formen und im 190° C vorgeheizten Backofen auf der mittleren Schiene ca. 15 – 20 Min. backen. Etwas abkühlen lassen, dann in Scheiben schneiden, nebeneinander aufs Backblech legen und nochmals bei ca. 175° C 8 – 10 Min. backen.

Ingwer-Cantuccinis

400 g Mehl
400 g kandierter, sehr fein gewürfelter Ingwer
250 g Zucker
½ Packung Backpulver
1 Packung Bourbon-Vanillezucker
3 Eier
1 TL Salz
Zitronenschale (Dr. Oetker Finesse)

Eier mit Zucker schaumig rühren, ein halbes Päckchen Backpulver, Salz, Vanillezucker und Zitronenschale dazu rühren. Dann Mehl und Ingwer darunter rühren.
Rollen formen und auf ein mit Backpapier ausgelegtes Backblech setzen und bei 180° C ca. 20 Min. backen. Auskühlen lassen; danach in Scheiben schneiden und nochmals nebeneinander bei 150° C nochmals 15 – 20 Min. backen.

Crostinis und Aperitive

Aperitive

Prosecco mit Basilikumessenz

2 Bund Basilikum
3 Zitronenscheiben
375 ml nicht allzu säuerlicher Weißwein

Die Blätter vom Basilikum abzupfen und mit Zitronenscheiben und Weißwein in ein verschließbares Gefäß geben. 6 Stunden durchziehen lassen.

Durch ein Sieb abgießen. In jedes Glas 4 cl Basilikumessenz geben und 1 – 2 Spritzer Zitronensaft zufügen. Mit Prosecco auffüllen.

Prosecco mit Holunderblütensirup

Mindestens 40 Holunderdolden
1,5 l aufgekochte Zuckerlösung (2 kg Zucker)
40 g Zitronensäure

Die Holunderblüten mit der Zuckerlösung übergießen und Zitronensäure beigeben. 4 – 5 Tage ziehen lassen. Danach abseihen und den Sirup mit Mineralwasser oder Prosecco und Zitronensaft nach Geschmack aufgießen.

Soll der Holunderblütensirup aufbewahrt werden, muss man ihn nach dem Abseihen noch einmal aufgekochen.

Crostinis zum Aperitiv

Crostinis mit Steinpilzcreme

1 kg Steinpilze
1 Zwiebel
1 Knoblauchzehe
1 Bund Petersilie
4 EL Olivenöl
Salz und Pfeffer
100 ml trockener Weißwein
Einige Scheiben Ciabatta-Brot

Pilze putzen und fein würfeln, Zwiebeln und Knoblauch und Petersilie fein hacken. Die Masse einige Minuten in Olivenöl andünsten, dann die Pilze zufügen und auf starker Flamme dünsten, bis das Wasser verdunstet ist. Salzen und pfeffern und mit dem Weißwein ablöschen. Zu einer dicklichen Creme einkochen.
Ciabatta-Scheiben rösten und mit der Pilzcreme bestreichen.

Geröstete Brotscheiben mit schwarzen Trüffeln

½ dl Öl
4 Knoblauchzehen
180 g geputzte schwarze Trüffel
3 entgrätete Sardellen
1 Prise Salz

½ dl Öl zusammen mit einer Knoblauchzehe erwärmen. Sobald der Knoblauch sich zu verfärben beginnt, die fein zerstoßenen Sardellen hinzugeben und mit dem Öl zu einem Brei vermischen. Vom Feuer nehmen und warten, bis sich dieser etwas abgekühlt hat. Die Trüffel im Mörser zerstoßen, dazugeben und mit etwas Salz würzen. Die Brotscheiben rösten und auf beiden Seiten mit halbierten Knoblauchzehen einreiben. Leicht salzen. Die Trüffelmasse darüber geben, mit etwas Öl beträufeln und heiß servieren.

Oliven Paté für Crostini von Giuliana Lo Franco

120 g schwarze Oliven ohne Stein
5 große Petersilienblätter
2 EL Olivenöl extra vergine
2 TL Balsamessig

Oliven und Petersilienblätter in einem Mixer zerkleinern. Anschließend die Masse mit Olivenöl und Balsamessig vermengen. Falls der Patè die Würze fehlt, mit Salz nachwürzen.
Die Paté auf Crostinis, auf Tomaten oder anderem Gemüse anrichten.

Antipasti

Capelle di funghi porcini (Gefüllte Steinpilzhüte)

8 mittelgroße Steinpilzkappen
2 Knoblauchzehen
4 EL gehackte Petersilie
2 EL Paniermehl
50 ml Olivenöl
Salz
1 Prise gemahlener Peperoncino oder Cayennepfeffer
1 TL getrockneter Oregano

Pilzkappen sorgfältig mit einem feuchten Tuch abwischen. Für die Füllung Knoblauch fein hacken und mit der Petersilie, dem Paniermehl und 3 EL Olivenöl vermischen. Mit Salz und Peperoncino abschmecken. Herd auf 180° C vorheizen. Eine Auflaufform mit dem restlichen Olivenöl auspinseln. Die Pilzkappen mit der Masse füllen und in die Form setzen. Mit Oregano bestreuen und 20 Min im heißen Ofen überbacken.

Kartoffel-Trüffel-Macchiato

Trüffelessenz:
- 200 ml Trüffelsaft
- 100 ml Madeira
- 100 ml heller Kalbsfond
- Etwas Speisestärke
- evtl. Salz
- weißer Pfeffer

Kartoffelsuppe:
- 100 g Zwiebeln
- 350 g vorwiegend fest kochende Kartoffeln
- ½ Stil Majoran
- 250 ml heller Kalbsfond
- Salz
- Weißer Pfeffer
- 150 ml Milch

Trüffelsaft, Madeira und Kalbsfond zum Kochen bringen und um die Hälfte einkochen. Speisestärke mit etwas Wasser verrühren und die kochende Flüssigkeit damit leicht binden. Die Essenz mit Salz und Pfeffer würzen und beiseite stellen.

Für die Kartoffelsuppe die Zwiebeln fein würfeln. Die Kartoffeln waschen, schälen und in 2 cm große Stücke schneiden. Mit Zwiebeln, Majoran und 250 ml Wasser im Kalbsfond aufkochen und etwa 20 Min. kochen. Majoran entfernen und die Suppe pürrieren. Mit Salz und Pfeffer abschmecken. Die Milch bis knapp unter dem Siedepunkt erhitzen, sehr leicht salzen und mit dem Milchaufschäumer oder dem Schneebesen aufschäumen.

Zum Servieren die heiße Kartoffelsuppe in Gläser geben. Die Trüffelessenz erhitzen und vorsichtig in die Suppe geben. Den Milchschaum als Haube darauf geben. Nach Wahl mit frisch gehobelten Trüffeln servieren.

Parmigiana di Melanzane von Giuliana Lo Franco

2 kg Auberginen (längliche, für einen kräftigeren Geschmack, – runde, für einen milderen Geschmack)
1,5 kg Tomaten
4 Knoblauchzehen
150 g geriebener Parmesan
1 Bund frischer Basilikum
Olivenöl extra vergine (von La Vialla) zum Frittieren und 6 – 8 EL zum Anrichten
2 TL Zucker

Auberginen waschen und der Länge nach in Scheiben schneiden (3 – 4 mm dick). In Lagen in einem grobmaschigen Sieb schichten und jede Lage mit Salz bestreuen und mit einem Teller bedecken. ½ Stunde ruhen lassen, damit die Bitterstoffe ausschwemmen können. In der Zwischenzeit die Tomaten, 4 gepellte Knoblauchzehen, 3 EL Öl und einige Basilikumblätter mit wenig Salz und 2 EL Zucker 10 – 15 Min. in einer Schmorpfanne dünsten. Anschließend durch ein Passiersieb geben. Die Auberginen abwaschen und mit Küchentüchern oder Küchenkrepp abtrocknen. Danach in kleinen Portionen in ausreichend Olivenöl frittieren und anschließend das überschüssige Öl mit Küchenkrepp auffangen. Eine Auflaufform mit Olivenöl einfetten, 1 – 2 EL der Tomatensauce auf dem Boden verteilen. Darauf eine Schicht Auberginen geben und diese mit einer eine dünnen Schicht Tomatensauce bedecken. Darüber geriebenen Parmesan und einige Basilikumblätter geben. Mit dem Schichten fortfahren, bis alle Zutaten verbraucht sind. Die oberste Schicht soll Tomatensauce, Käse und Basilikum sein. Zum Schluss 2 – 3 EL Olivenöl darüber geben und im vorgeheizten Ofen ½ bis ¾ Stunde bei 180° C backen, bis sich eine goldbraune Kruste gebildet hat.

(Bei der Fattoria La Vialla wird eine ausgezeichnete light-Version der klassischen Melanzane hergestellt, die leichter und besser verträglich ist, als das neapolitanische Rezept und bei der die Auberginen nicht frittiert werden, sondern im ‚pentolone' blanchiert werden. In einem zweiten Schritt werden die anderen Rezeptzutaten – Tomatensauce, Parmesan und Basilikum – schichtweise zum kurzen Schmoren hinzugegeben. Sobald die Melanzane fertig ist, wird sie in der Fattoria sofort in Gläser abgefüllt.)

Risotto mit Steinpilzen

30 g Butter
1 kleine Zwiebel
Ca. 200 g Vialone-Reis
1 Glas Weißwein
1 Handvoll getrocknete Steinpilze, in kochendem Wasser eingeweicht
Ca. ½ l heiße Hühnerbrühe (selbstgemacht)
Pfeffer aus der Pfeffermühle
50 g geriebener Parmesankäse

Die Butter am besten in einem gusseisernen Topf erhitzen und wenn sie gebräunt ist, die fein geschnittene Zwiebel zugeben und goldgelb dünsten. Reis zufügen und unter ständigem Rühren weiterdünsten bis auch der Reis gelblich ist. Mit dem Wein ablöschen und wenn die Flüssigkeit vom Reis aufgenommen wurde, die Steinpilze mit dem Einweichwasser zugeben. Sobald die Flüssigkeit absorbiert wurde – natürlich wieder unter ständigem Rühren –, gibt man in kleinen Portionen Hühnerbrühe (jedes Mal ca. 0,1 l) zu und rührt weiter bis die Flüssigkeit aufgesogen ist. Das ganze dauert etwa 20 Min. Wenn das Risotto die erforderliche Konsistenz hat, gibt man den geriebenen Parmesan hinzu und lässt es ca. 3 – 5 Minuten stehen bis der Käse zerflossen ist.

Hauptgerichte

Spigola all'aqua pazza
(Seebarsch im verrückten Wasser von Giuliana Lo Franco)

1 kg Seebarsch
250 cl Wasser
250 cl trockener Weißwein
2 Knoblauchzehen
½ kleine weiße Zwiebel
1 Selleriestange
1 kleine Karotte
5 Kirsch- oder Bombolini-Tomaten
1 Prise frischer oder getrockneter Rosmarin
1 Prise frischer oder getrocknerter Fenchelsamen
1 Prise frischer oder getrocknerter Salbei
1 EL in Essig eingelegte Kapern
10 schwarze Oliven
3 EL Olivenöl extra vergine
Salz
Chilischote

Damit dieses schnelle und einfache Rezept gelingt, kann man einen Seebarsch, aber auch einen anderen weißfleischigen Fisch (z. B. einen Knurrhahn) verwenden. Das Wesentliche ist, dass er sehr frisch sein sollte. Dem Seebarsch mit einem scharfen Messer Kopf und Schwanzflosse entfernen. Danach der Länge nach in zwei Hälften teilen. Anschließend mit der Haut nach unten gedreht in eine Form geben und zusammen mit dem Wasser, dem Wein, den Knoblauchzehen und der Zwiebel (beides geschält aber im Ganzen), dem in grobe Stücke Sellerie geschnittenen, der geviertelten Karotte und den geputzten und gewaschenen kleinen Tomaten, dem Öl einem schöne und allen anderen Zutaten zum Kochen bringen. Bei kleiner Hitze in einer geschlossenen Form ca. 4 Min. kochen lassen. Danach den Fisch und das Gemüse herausnehmen, warm halten und die Flüssigkeit für einige Minuten reduzieren.
Den Seebarsch in seiner Sauce schön heiß servieren.

Hähnchen Veroneser Art

1 Hähnchen
Salz, Pfeffer
Etwas Mehl
2 Zwiebeln
2 Möhren
3 EL Olivenöl
1 kleine Dose geschälte Tomaten
1 EL gemischte frische italienische Kräuter fein gehackt (Thymian, Oregano, Majoran …)
10 mit Mandeln gefüllte Oliven

Hähnchen waschen und mit der Geflügelschere in vier oder sechs Teile schneiden und abtrocknen. Die Haut abziehen. Das Fleisch mit Salz und Pfeffer einreiben und in Mehl wenden. Das Öl in einer tiefen Pfanne erhitzen, die Hähnchenteile hineinlegen, darin anbraten und wieder herausnehmen. Kleingeschnittene Zwiebeln und Möhren in die Pfanne geben und glasig dünsten. Dann die Tomaten zugeben, gut umrühren und aufkochen. Die Hähnchenteile hinein betten, zudecken und bei schwacher Hitze etwa 30 Minuten schmoren. Die Oliven in Scheiben schneiden und hinzufügen. Nochmals abschmecken.

Gut mit Spaghetti.

Osso buco (Kalbshaxe italienisch)

4 dicke Kalbshaxenscheiben (ca. 1,5 kg)
Salz, Paprika, Mehl
2 Zwiebeln
1 Knoblauchzehe
2 Möhren
¼ Sellerieknolle
4 EL Olivenöl
½ Dose geschälte Tomaten
⅛ l Weißwein
1 TL Basilikum, Thymian, 1 Lorbeerblatt
Schale ¼ Zitrone
Petersilie

Fleisch waschen, trocken tupfen, mit Paprika und Salz einreiben, in Mehl wenden. Zwiebeln, Knoblauch, Möhren und Sellerie schälen, fein würfeln. Fleisch von beiden Seiten kräftig in Öl anbraten, herausnehmen. Gemüse im Öl 5 Minuten dünsten, dann Tomaten mit Saft und Weißwein zugeben. Fleisch hineinlegen, salzen und pfeffern. Zugedeckt im Backofen bei 180° C ca. 70 Min. schmoren. Fleischscheiben auf dem Gemüse anrichten (oder die Sauce pürieren). Mit in Streifen geschnittener Zitronenschale und gehackter Petersilie bestreut servieren.

Entweder mit Risotto oder Nudeln servieren.

Desserts

Käse

Zwiebelsauce von Giuliana Lo Franco zu Pecorino:

4 „dick“ geschnittene Scheiben Pecorino
250 g „delikate“ Zwiebeln
150 ml trockener Rotwein
50 ml Balsamico-Essig
½ Renette-Apfel
1 großer Löffel Tausendblumenhonig (von La Vialla)
20 g Rosinen (10 Min. in lauwarmem Wasser einweichen)
2 EL Rohrzucker

Die Zwiebeln und den Apfel in dünne Scheiben schneiden und mit Wein, Balsamico-Essig, Rohrzucker und eingeweichte Rosinen in einer Pfanne 10 Min: bei schwacher Hitze kochen lassen. Honig zufügen und weitere 5 – 10 Minuten köcheln lassen und ab und zu umrühren. Die Sauce abkühlen lassen, bis sie lauwarm ist.

In der Zwischenzeit eine Antihaftpfanne auf dem Herd heiß werden lassen und die Pecorinoscheiben unter einmaligem Wenden heiß werden lassen.

Auf vorgewärmten Tellern mit je einem EL Zwiebelsauce servieren.

Paprikaschotenkonfitüre von Guiliana Lo Franco zu Pecorino

1 kg rote und gelbe ‚milde‘ Paprikaschoten
400 g Zucker
1 Chilischote (oder zwei für mutige Gaumen)
6 EL Wasser
Salz

Die Paprikaschoten waschen und putzen und alle Samen und weißen Sehnen aus dem Inneren entfernen. Die gesäuberten Paprikaschoten in kleine Stücke schneiden und in einer Antihaftpfanne zugedeckt bei niedriger Temperatur mit ein wenig Salz, der/den Chilischote(n) und dem Wasser schmoren lassen. Sobald die Paprikaschoten weich sind, vom Herd nehmen und durch ein Passiersieb geben. Anschließend zurück in die Pfanne geben und mit dem Zucker unter häufigem Umrühren kochen bis die Sauce eindickt.

Weitere Serviervorschläge für Pecorino als Dessert à la Giuliana Lo Franco

Ein weitere wunderbare Serviermöglichkeit für Pecorino als Dessert sind einige in der Pfanne in Olivenöl erwärmte Pecorinoscheiben mit Honig und – wenn man es mag – Kirschtomaten, Oregano, Basilikum, mit Sardellen und Kapern. Oder auch mit gegrilltem Gemüse. Zum Würzen kann man Salz, Pfeffer oder Chilipulver nehmen. Auch auf getoastetem Brot geschichtet mit Feigen und darüber geträufeltem Honig ist der Pecorino von La Vialla ein Genuss.

Süße Desserts

Amarettini-Mandel-Eis

150 g Sahne
20 g Mandeln gehackt
80 g Zucker
2 Eiweiß
20 g Amarettini
½ TL gemahlene Vanille
Frische Feigen

Sahne steif schlagen und kalt stellen. Gehackte Mandeln in einer Pfanne ohne Fett hellbraun rösten. 60 g Zucker mit 40 ml

Wasser in einem kleinen Topf in ca. 5 Min dicklich einkochen und anschließend etwas abkühlen lassen. Eiweiß steif schlagen und den restlichen Zucker einrieseln lassen. Sirup unter den Eischnee geben. Amarettini grob zerdrücken. Vanille, Amarettini und gehackte Mandeln unter den Eischnee mischen. Nach und nach 150 g geschlagene Sahne unterziehen. In eine längliche Form, die mit Frischhaltefolie ausgekleidet ist einfüllen und über Nacht im Tiefkühlschrank fest werden lassen.
Zum Anrichten gehobelte Mandeln in einer Pfanne ohne Fett goldbraun rösten. Eis etwas antauen lassen und auf eine Platte stürzen. In Scheiben schneiden und mit gehobelten Mandeln bestreuen. Mit Feigen, die evtl. mit Amaretto mariniert wurden, servieren.

Mit Amaretti gefüllte Pfirsiche in Blutorangensauce

6 Pfirsiche
150 g Amaretti zerbröselt
1 Ei
2 EL ungeschälte, grobgehackte Mandeln
2 EL brauner Zucker
Butter
250 ml frisch gepresster Blutorangensaft
Orangenlikör nach Geschmack

Den Backofen auf 180° C vorheizen, die Pfirsiche halbieren und entsteinen. Mit einem Löffel etwas Fruchtfleisch herausschaben, hacken und mit den Amaretti-Bröseln, dem Ei, den Mandeln und dem braunen Zucker vermischen. Diese Masse in die Vertiefungen der Pfirsichhälften drücken. In eine feuerfeste Form, die großzügig mit Butter eingefettet wurde, die Pfirsiche hineinlegen. Blutorangensaft und eventuell etwas Orangenlikör zugießen und 30 Min. backen. Die Pfirsiche müssen weich aber noch in Form sein. Heiß, warm oder kalt mit dem Orangensirup servieren.

Toskanischer Schokoladenkuchen

200 g Bitterschokolade
200 g Butter
100 g Mehl
200 g Zucker
Grappa
6 Eier

Den Backofen auf 180° C vorheizen und eine 26 cm Springform mit Backpapier auslegen. Die Schokolade mit der Butter im Wasserbad schmelzen und glattrühren. Mit dem Elektromixer Mehl, Zucker und Eier dick aufschlagen. Die Schokoladenbutter der – je nach Geschmack etwas Grappa beigemischt wurde – bei langsamer Geschwindigkeit unterrühren. In die vorbereitete Form füllen und 35 – 45 Min backen. Der Kuchen soll an der Oberfläche fest und im Inneren cremig sein. Vor dem Aufschneiden vollständig auskühlen lassen.

Literaturhinweise

Almanach für den Kreis Neuss 1981, hrsg. Vereinigung der Heimatfreunde Neuss e.V.

Neuss im Wandel der Zeiten: Beiträge zur Stadtgeschichte von Peter Stenmans, Joseph Lange, Nicolaus Bömmels, Karl Kreiner, Helmut Gilliam; hrsg. Stadt Neuss, 1969

Lebendiges Schützenbrauchtum: 50 Jahre Bezirksverband Neuss, 1950 – 2000; hrsg. Bezirksverband Neuss e.V. im Bund der historischen deutschen Schützenbruderschaften e.V., Neuss, 2000

P. Albrecht, F. Becker, J. Lange, H. Kordes, *Geschichte und Geschichten der St. Hubertus-Schützengesellschaft Neuss 1899 e.V.,* Neuss 1999

Kataloganforderung von La Vialla:

Fattoria La Vialla
Via di Meliciano 26
I – 52029 Castiglion Fibocchi / Toscana
ITALIA
Tel: 00 39 0575-477720, Fax: 00 39 0575-477704
E-Mail: fattoria@lavialla.it

BukitCinta Books

Horst H. Geerken
Der Ruf des Geckos. 18 erlebnisreiche Jahre in Indonesien
436 Seiten, Paperback, € 24,90 (D)
ISBN 978-3-8391-1040-9

Horst H. Geerken
Der Ruf des Geckos. 18 erlebnisreiche Jahre in Indonesien
436 Seiten, Hardcover, € 39,90 (D)
ISBN 978-3-8391-1402-5

Horst H. Geerken
A Gecko for Luck. 18 years in Indonesia
392 Pages, Paperback, € 24,95 (D)
ISBN 978-3-8391-5248-5

Piet Jonasson
Die Tote am Blutturm. Schatten über dem Schützenfest
192 Seiten, Paperback, € 11,90 (D)
ISBN 978-3-8423-4244-6

BCB, BukitCinta Books
www.bukitcinta.com